蓬萊詭話

GAEA

醉琉璃——著

夜觀神

目錄

楔子

冷不防出現在耳邊的嗡嗡聲讓睡夢中的小女孩皺了皺眉。

隨著那聲音鍥而不捨地打擾，小女孩的眉頭也越皺越緊。

下一瞬，邵欣欣睜開眼睛，惱火地伸手往旁揮打，但在黑暗中只打到一團空氣。

那隻擾人清夢的蚊子早不知道又飛到哪裡去了。

「討厭、討厭……」邵欣欣嘟嘟囔囔地抱怨著，「臭蚊子……下次再出現要打死你……」

感覺頸側癢癢的，邵欣欣摸了下脖子，發現上面有個小小突起。她小臉一垮，知道被蚊子叮了。

用指甲在蚊子叮出的包壓上一個十字痕跡，邵欣欣抓起床頭櫃上的鬧鐘看，已經半夜快三點。

如果不是那隻可恨的蚊子，她現在一定還在安穩的睡夢中。

邵欣欣想再躺回被窩裡，但思及不知何時會捲土重來的蚊子，重新湧上的睡意又消退下去。

她從床上爬起來，打開房裡的電燈。

燈光映照下，一個簡單、沒有太多裝飾的女孩房間顯現出來。

瘦小的邵欣欣站在床鋪中央，睜大眼，努力往四周搜尋蚊子的蹤跡。但她看得眼睛都酸了，也沒找到那隻惹人厭的蚊子。

邵欣欣鬱悶地吐出一口氣，把燈關掉，放棄找出蚊子了。

不然……還是去把客廳裡的捕蚊燈偷偷搬上來？邵欣欣猶豫地想著。

他們家有一盞捕蚊燈，但放在一樓客廳。邵母不喜歡有人亂動它的位置，因此二樓有蚊子時，都是點蚊香解決。

但邵欣欣不喜歡蚊香的味道，應該說很討厭，無論如何都不會在自己房裡點。

躊躇半晌，邵欣欣決定還是偷偷摸摸地下樓把捕蚊燈搬上來，然後再訂個鬧鐘，在母親起床前把捕蚊燈搬回去，就不會被發現了。

沒錯，就這麼辦！

邵欣欣趕忙跳下床，赤著腳跑去打開總是習慣上鎖的房門。

門才剛開一條縫，就看到旁邊另一扇房門也打開了。

那是哥哥的房間。

是起來上廁所嗎？

走廊上雖然沒開燈，但樓梯間的燈還亮著，藉著微弱燈光的映照，她看到比自己大五歲的哥哥先是探出半個身子，往右邊的方向看過去。

邵母的房間就在走廊右邊最底端。

接著邵英傑整個人走出房外，他反手關上門，一溜煙地跑下樓。

全程都沒發現自己的妹妹躲在門縫後目睹他的一舉一動。

邵欣欣大吃一驚，她可不認爲哥哥那副打扮只是要下樓上廁所！

這麼晚，他是要去哪裡？

驀地一個念頭閃過，邵欣欣立刻忘記蚊子和捕蚊燈的事，連忙折回房裡，再出來時已經穿上外套，外套口袋還鼓鼓的。

邵家前後各有一扇門，出入通常從後門走。

邵欣欣追出後門時，邵英傑才剛解開腳踏車的大鎖，一隻腳正要跨坐上去。

他沒留意後門又被打開，還是邵欣欣自己主動輕喊一聲。

「哥。」

邵英傑被這突來的喊聲嚇了一大跳，身子一震，反射性回過頭，瞪大的眼裡映著自己瘦瘦小小、總是被他戲稱像根小竹竿的妹妹。

邵英傑第一時間以爲自己眼花了，他用力眨眨眼，邵欣欣還站在門前，腳上穿著布鞋，甚至連頭髮都綁成兩束馬尾了。

「邵欣欣，妳爲什麼沒在房間裡睡覺！」邵英傑壓低音量，不敢置信地問，「妳以爲妳明天不用上學嗎？」

「哥你還不是一樣！」邵欣欣不甘示弱地反駁，「你要去哪裡？我也要去！」

「妳去什麼去，還不快點給我回房間睡覺！」邵英傑才不想帶個小屁孩在身邊，「我們男人做事，小鬼別管那麼多。」

「你才不是男人，你只是國中生。」邵欣欣小小聲糾正，「你說我們……所以不只你一個？還有誰？你們這麼晚到底要去哪裡？我也想去！」

「妳這小屁孩管那麼多幹嘛……反正妳快回去，大不了我明天買汽水請妳喝。」

「不要，我也想去，帶我去啦！」

「妳眞的很煩耶……不然妳去跟媽告狀好了，只要妳敢這時候去敲媽的房門，不知道誰昨天把字寫成捲捲的被媽罵喔？」邵英傑故意恫嚇，果然見到邵欣欣露出一絲瑟縮。

他們家是單親家庭，邵母在管教上相對嚴格一些，這也造成年紀小的邵欣欣格外害怕母親露出嚴厲不耐的神情。

邵英傑知道妹妹肯定不敢在這種時間去吵人，他得意地咧咧嘴，運動鞋用力一蹬踏板，把人扔在後面，自顧自地騎著腳踏車直接衝進黑夜裡。

在後門被妹妹拉住，耽擱了一點時間，他騎腳踏車到街上時已經過半夜三點了。

「真是，都怪邵欣欣……」邵英傑瞄了一眼腕錶，嘀咕一聲，踩踏板的雙腳登時更用力，就怕太晚到目的地。

這趟出門，邵英傑的確是跟幾個朋友約好了。他們要到俗稱「臭水溝」的舊港溪那邊，玩點刺激的。

深夜時間，鹿港鎮的街上偶爾才有車輛經過，轉眼又消失在遙遠的另一端。蒼白的路燈光芒在夜裡顯得莫名冷淒，周圍安安靜靜，林立路邊的屋宅皆是大門深鎖，窗戶後一片漆黑。

邵英傑賣力騎著腳踏車，剛從公園三路切到復興南路上，就聞到一股令人不快的臭味隨著晚風飄來。

那正是舊港溪散發出來的。

舊港溪沿著復興南路一路向前延伸，兩邊有茂密的植物，聽說多年前也是一條清澈的溪流。

後來河道縮小，家庭廢水都往溪裡排，久而久之形成了嚴重的污染，導致終年飄著惡臭，鮮少有人願意主動靠近。

這些都是邵英傑聽大人說的，從他知道舊港溪以來，就是一條臭烘烘的大水溝了，所以他們也總用臭水溝來代稱。

如果可以，邵英傑並不是很想來這裡，根本就是虐待自己的鼻子。

但此處人煙稀少，三更半夜更不會有人來，要幹點壞事是再適合不過的地點了。

倏地，邵英傑身後傳來一陣鈴響，同時還有人喊了他的名字。

「喂，英傑！」

邵英傑回過頭，發現一輛腳踏車從後追了上來，車上是再熟悉不過的同學身影。

相貌白淨，給人好學生印象，實際上也是師長眼中優秀學生的方知華微喘著氣，露出了大大的笑容。

「看背影就知道是你……你覺得袁和田跟梁又庭已經到了嗎？」

「我哪知道。」知道方知華體力比自己遜一些，邵英傑稍微放慢速度，讓兩輛腳踏車能夠並排，「反正到前面就知道了……對了，你之前說有寶物要藏在我家……」

「已經藏好了喔，趁你們沒發現的時候藏的，在一個連你也不會發現的地方。」方知華有絲得意地說，「等以後我再去你家挖出來。」

挖？那不就是埋起來了嗎？邵英傑沒有提醒對方已無意間洩露線索，反正他也不打算刻意去找。

想到什麼，邵英傑瞄了一眼方知華的後座，「掃帚不是你負責帶的？」

「我家的是塑膠的，梁又庭說他家有竹掃帚，他會負責帶。」

「希望他別忘記，不然這趟就白跑了……」想到自己還被妹妹逮個正著，邵英傑不免多抱怨幾句，「我出門時還被我妹發現。」

「咦？都這麼晚了，欣欣沒睡嗎？」方知華驚訝地問。

「我怎麼知道她為什麼這時還不睡。」邵英傑也很想問他那個妹妹為什麼會在半夜時爬起來，「她本來還吵著要跟來，哪可能啊！我們可是要幹大事的，哪能讓一個小屁孩跟在後面，多載一個人也麻煩死了。」

方知華笑了笑，「你要是帶她來，我就可以幫忙載。」

「你開玩笑吧，我才不要帶一個愛哭又愛跟的跟屁蟲過來。」邵英傑故意誇張地說。

「還好吧，欣欣很可愛也很乖。」方知華有時會到邵家玩，見過邵欣欣幾次，印象中是個乖巧安靜的小女生。

「你覺得她可愛，送你當妹妹，免費的。」邵英傑豪氣地拍胸脯保證，就算單手騎車他也有辦法騎得穩穩的。

方知華又笑了一聲，「不用你送，我自己也有妹妹。」

「啊，對喔。」邵英傑後知後覺地想起來方知華的確有個妹妹。

方知華跟他們家一樣是單親家庭，邵英傑認識他時，他媽早就跟他爸離婚了，只帶走女兒，將方知華留下。

他沒見過方知華的妹妹，只聽說人在台北，年紀跟自己妹妹差不多大。

「要是你妹留在鹿港，就能跟我妹一起玩了，這樣也省得她老是想當我的跟屁蟲。」邵英傑的重點是最後一句。

「小花個性很好，如果她在這裡，肯定能跟欣欣當好朋友。」方知華的聲音滲入一絲遺憾。

邵英傑知道方知華一直很想念媽媽和妹妹，還努力唸書存獎學金，就爲了暑假能上台北去找她們。

在有一搭沒一搭的閒聊中，兩人離約好的集合地點越來越近。

兩旁建築物也從住宅變成鐵皮工廠，淺綠色鐵皮在路燈和陰影的交織下，看起來就像蟄伏不動的鋼鐵怪物。

隔著一段距離，就能望見舊港溪前面的堤岸上已停著三輛腳踏車，其中一輛的後座橫放著一根竹掃帚。

三道身影就站在腳踏車旁，一人發現邵英傑他們，立即朝他們揮揮手。

邵英傑和方知華停下腳踏車，一從車上跳下，第一句話不是跟同學們打招呼，而是異口同聲地說了一聲。

「好臭！」

「幹！知道臭還敢那麼慢，你們是想讓我們待在這裡被臭死嗎？」體格最壯實的梁又庭臉上充滿濃濃不滿，一雙眼白偏多的眼睛此刻看來格外凶狠，「說好三點到，居然遲了十分鐘！」

「梁哥還以爲你們倆要放他鳥呢。」瘦小的袁和田是梁又庭的跟班，他總是刻意討好地喊對方哥，大大滿足了梁又庭想當老大的那顆心。

「又不是故意的，誰教我妹那麼晚還不睡。」邵英傑簡單解釋了遲到的緣由，「而且這地方明明是梁又庭你自己選的吧，你又不是不知道這裡有多臭。」

「啊？你是有意見膩！」梁又庭音量放大，眼睛瞪得更大，還作勢舉起了攥緊的拳頭。

「別吵啦、別吵啦，就是因爲這地方臭，才不會有人過來。」鍾明亮趕忙出聲當和事佬，一張長了不少青春痘的臉泛著油光，使得眼鏡不時從鼻梁滑下，「梁又庭也是因爲這樣才特意選這裡的嘛，之前大家不也都同意了？」

什麼同意，還不是梁又庭自己強迫大家同意的……邵英傑在內心嘀咕。

他們一夥人雖然總玩在一起，但梁又庭性格強勢，又仗著自己家有錢，每次都無視他人意見做決定。

方知華似乎看出邵英傑的不滿，暗暗用手肘撞了他一下，要他別在這時候和對方起衝突。

想到自己母親就在梁又庭家的工廠上班，邵英傑也不敢眞的和對方鬧翻。況且撇除對方脾氣上來就一副想跟人幹架的蠻橫模樣，他平時還是挺講義氣的，常拿自己的零用錢請大夥喝飲料。

想到這裡，邵英傑冒起的火氣便消了下去。

鍾明亮見氣氛緩和，連忙主動提起他們今晚這趟的重點——誰先負責觀掃帚神。

他們之前有說好，大家都要輪流觀一次，不觀的人是小狗。

「猜拳決定最快啦，你們四個猜，輸的那個先觀。」梁又庭抬抬下巴，示意四人動作快一點。

「等一下，那你咧？」邵英傑有些傻眼，「不是該五個人都要猜嗎？」

「我要先當拿香的那個，掃帚可是我帶來的，我先拿香也是應該的吧。」梁又庭理所當然地說，一副不允許他人反駁的姿態。

「那就先讓梁哥拿香，他人高力氣大，肯定可以拿得特別穩。」袁和田馬上附和，自己更是率先伸出手。

邵英傑撇撇嘴，最後沒說什麼地跟著其他人一起伸出手。再磨蹭下去天都要亮了，被他媽發現他人不在自己房間裡睡覺，他絕對會完蛋。

「剪刀、石頭、布！」

經過兩輪猜拳，方知華輸了。

香是鍾明亮從家裡帶來的，他用紅白花袋裝了一大把。

「我家的香有一整箱呢，拿這麼一把也不會被發現，而且大家都要觀的話，香不能帶太少吧。」面對幾人震驚的目光，鍾明亮得意洋洋地說，「香有了，竹掃把也有了，再來是板凳，板凳是誰帶的？」

袁和田驀地臉色一白，「我……我出來得太急，忘了……」

「你這白痴！」梁又庭又想舉起拳頭。

「沒板凳也沒關係，我們隨便找個石頭代替吧。大家都想快點玩觀掃帚神，我就坐那邊也可以。」方知華主動走向堤岸上的一塊圓石頭，一屁股坐下。

「竹掃帚在這！」彷彿想將功贖罪，袁和田忙不迭把綁在梁又庭腳踏車後座的竹掃帚拆下來，遞到方知華面前。

方知華把掃帚頂端抵在額頭上，閉上雙眼。

見方知華準備好了，鍾明亮點燃線香，一人拿三支，剩下的先擱一邊。

四人圍在方知華身邊，由梁又庭先舉香對著夜空中的月亮拜了拜，再把香插到竹掃帚上。

接著邵英傑他們便晃動手上的線香，和梁又庭齊聲唸著。

「掃帚神，圓輪輪，招你山頂挽樹藤，樹藤變掃帚，掃帚眞有神。」

一開始唸得零零落落，彼此對不上節奏。

鍾明亮的台語不夠流利，好幾次發音錯誤。

就連方知華都忍不住悶聲笑起，但他還是盡責地維持著原姿勢不動，就是肩膀控制不住，一聳一聳的。

「鍾明亮，你再唸錯一次請神咒，我眞的揍死你！你舌頭是打結嗎？啊？」梁又庭簡直忍無可忍，衝著鍾明亮撂下狠話。

或許是威脅起了作用，鍾明亮總算唸正確了。

「掃帚神，圓輪輪，招你山頂挽樹藤，樹藤變掃帚，掃帚眞有神。」

「掃帚神，圓輪輪，招你山頂挽樹藤，樹藤變掃帚，掃帚眞有神。」

接下來大家有默契多了，沒再唸得七零八落。

也不曉得重複唸了幾次，邵英傑都覺得嘴巴發痠，他瞄向坐在石頭上的方知華，後者一動也不動，頭低垂，額頭抵著掃帚頂端，也不曉得對方有沒有睜眼偷看。

邵英傑看得出來袁和田跟鍾明亮都唸得有些不耐煩了，可梁又庭不先喊停，沒人眞的敢在這時候停下。

舊港溪的臭味混著線香味，形成一股難以形容的味道，邵英傑暗暗祈禱著這氣味可千萬不要黏在他的衣服上。

不然被他媽發現了，恐怕少不了一頓逼問。

不知不覺大家的聲音因爲重複喃唸而變得沙啞，可突然間，邵英傑覺得自己頸後的寒毛豎起，手臂上也冒起一顆顆雞皮疙瘩。

就好像這悶熱的溪畔忽地吹過一股詭異寒氣。

怎麼回事？邵英傑的一顆心忍不住提起，還沒等他轉頭想確認周圍狀況，右手邊的鍾明亮驟然驚呼一聲。

「快看！」

請神咒被打斷，卻沒有人對此有所抱怨，就連梁又庭也沒有。

所有人都瞪大了眼，目睹原本安靜不動的方知華竟開始前後左右地搖擺身體，額頭則始終貼在掃帚頂端處。

「眞……眞的請來了嗎？」袁和田嚥嚥口水，「不會是方知華故意騙我們的？」

「幹是不會繼續唸喔！快一點啦！」梁又庭大聲催促，「掃帚神，圓輪輪……」

「招你山頂挽樹藤，樹藤變掃帚，掃帚眞有神！」邵英傑幾人馬上拔高音量。

隨著請神咒越唸越快、越唸越大聲，方知華彎著腰起身，跌跌撞撞地向前走，額頭依然抵著掃帚，雙手則握著掃帚柄在地上胡亂揮灑掃動。

那模樣看起來既好笑又莫名詭異。

邵英傑張著嘴，請神咒早就忘記唸了，其他兩人也是同樣情況。

一時間，堤岸上只剩掃帚沙沙掃地的聲響。

還是梁又庭反應快，直接搶了三人手上的香，「就說得交給我來！你們三個菜逼巴，別只會傻站著不動，繼續唸啊！」

梁又庭把香湊近方知華面前，隨後舉著香把往後退。

方知華維持怪異的姿勢，一邊彎身掃地，一邊像被吸引般，跟著梁又庭引導的方向走。

梁又庭前進，方知華就前進。

梁又庭轉彎，方知華就轉彎。

「絕對是觀了，觀到掃帚神了啦！」鍾明亮用力拍打著邵英傑的肩膀。

邵英傑沒計較鍾明亮的手勁，目瞪口呆過後，難以言喻的緊張刺激如同電流竄爬上他的後背。

看方知華的樣子完全不像作假，他再怎麼好脾氣，也不可能任憑梁又庭拿著香捉弄他。

所以……眞的觀到掃帚神了？

邵英傑不知道自己此刻的表情是怎麼樣的，但他猜應該和梁又庭他們差不多，都是雙眼放光，掩不住滿臉興奮。

他們此起彼落地唸起請神咒，不時閃避著方知華，以免對方撞到自己。

「可惜沒有帶相機，不然就能錄影了，到時還能笑方知華笑到死！」鍾明亮遺憾地說。

「這樣哪能笑死他，他頂多是彎身掃掃地，又不是踩到狗大便。」邵英傑不以爲然地說。

「這裡沒看到有狗屎。」袁和田還眞的認眞尋找。

「找什麼狗屎？要髒能髒得過臭水溝嗎？」梁又庭咧出不懷好意的笑，「讓方知華自己走進臭水溝裡，等他醒後絕對會哭出來。」

「哇賽！梁又庭，你也太那個了！」邵英傑嘴上這麼說，卻沒有阻止的意思。

誰不想看到好學生出糗的一面呢？

袁和田是梁又庭的跟班，自然不會有意見。鍾明亮也想看熱鬧，反正要踩進那條又髒又臭的溪裡的人又不是他。

幾人一拍即合，決定讓方知華走進水裡，反正臭水溝不深，根本沒什麼危險，頂多就是被臭死而已。

這地方是梁又庭找的，他知道前面有條石階可以通到堤岸下方。他舉著香把，一步步引導方知華跟他往下走。

邵英傑他們跟在方知華後面，有帶手電筒的就負責幫忙照路。

雖說是抱持著看熱鬧的心，但越接近舊港溪，撲面而來的臭味還是讓邵英傑幾人臉孔扭曲。

只能說味道眞的不同凡響。

當手電筒的燈光照上水面，肉眼可見上面漂浮著一層油膜，底下沉積著說不出來的青白物質。

讓邵英傑來說，分明像一灘餿水了，說有多噁心就有多噁心，打死他也不會想往溪裡踏進一步。

方知華太慘了……邵英傑暗暗同情對方，但心中不免生起一股幸災樂禍的心情。

梁又庭仗著腿長手長，站在溪邊石頭上，長臂一伸，將香把插進了污濁溪水中。

方知華是跟著香把位置前進的。

當見到素來被師長誇讚的好學生眞的主動踏進髒兮兮又臭烘烘的舊港溪，腳踝以下都浸在混濁的水裡，眾人再也憋不住地放聲大笑。

梁又庭拍拍手，趕緊跳回石階上，他才不想讓自己有被溪水沾到的可能性。

「就這樣吧，等香燒完、掃帚神走了，方知華自己就會清醒回家。」

「咦？梁哥，不繼續玩了嗎？」袁和田笑得聲音都啞了，吃驚問道：「不是說大家都要玩一輪？」

「玩屁玩，要玩你自己繼續。」梁又庭斜睨一眼過去，「老子玩夠了，還是你們幾個也想跟方知華一樣，都走進臭水溝一次？」

袁和田忙不迭搖頭，他才不想踏入那個又臭又髒的地方。

見梁又庭已自顧自地往上走，袁和田急忙也抓著手電筒跟了上去。

「啊現在怎麼辦？他們兩個都不玩了……英傑，你咧？」鍾明亮撓撓臉，「要走嗎？」

「但是……喂，但是……」邵英傑看看猶在溪裡彎著身、額頭抵著竹掃帚的方知華，又看向準備抬腳離開的鍾明亮，「眞的要把方知華扔在這？」

「他那麼大個人也不可能走丟，梁又庭和袁和田都走了，總不可能剩我們玩吧，而且方知華醒來肯定超不爽。」鍾明亮抖抖身子，三兩步也走上堤防。

最後剩邵英傑還待在石階上，他猶豫一會，但也不想獨自面對方知華的怒氣，所以很快跟上了其他人的腳步。

反正沒過多久天就會亮了，這裡風也大，香應該不會燒太久……而且方知華跟他爸爸感情不好，就算發現他半夜跑出去，說不定根本不會在意，放他一人在這裡沒關係的……

像是被自己說服，邵英傑的腳步不由自主邁得更大，他跑回堤防上，其餘三人已跨坐上各自的腳踏車。

見狀，他立即跟進，雙腳沒有半分遲疑地踩下踏板，風風火火地一路衝回家。

大不了明天到學校再向方知華道歉吧。

方知華人那麼好，鐵定不會跟他計較的！

方知華確實沒跟邵英傑計較。

他沒有跟任何一個人計較。

因爲方知華死了。

隔天早上被附近工廠的人發現，他淹死在那條被戲稱臭水溝的舊港溪裡。

第一章

「大家晚安啊！我是方謝謝，404祕密搜查隊今天要帶你們去一個神祕的地方。一樣是由阿傑負責拍攝，我嘛，負責貌美如花！哈哈哈，開玩笑的！」

手機鏡頭裡，穿著吊帶褲和小可愛，露出一截細腰的葉素馨對著另一端的粉絲露出燦爛的笑容，染成米白色的頭髮綁成包包頭，將她本就偏白的膚色襯得更白。

她身後是一棟佔地廣大的建築物，大部分輪廓隱於黑夜當中，周圍樹影綽綽，看得出來她位於一處荒涼的地方。

「大家猜得出我們要去哪裡嗎？有看到我後面這棟建築物嗎？它啊，可不是一般的廢屋，這可是一座……噹噹噹！」

「麥噹了，趕緊跟大家說答案啦！再噹下去，就直接用噹噹噹來唱出一首歌。」

鏡頭外出現一道調侃男聲。

「不不不，還是不要讓大家被我的歌聲荼毒好了，我可是號稱萬華胖虎。」葉素馨毫不客氣地自嘲，「聽過的都說爛！我立刻公布答案，後面這棟，是一座廢棄的停車場喔！」

「對，已經封閉十多年沒使用了……欸？居然有人想聽方謝謝唱歌耶，真是勇氣可嘉的眞勇者！」邵英傑看著聊天室的留言笑道：「改天說不定可以弄個方謝謝唱歌的主題出來，不過我怕沒人敢進來我們的直播間就是了。」

「別啊，這個主題千萬別做，我還要維持形象耶！」葉素馨哀號一聲，作勢阻止邵英傑。

「那種東西妳確定妳還有嗎？啊，感謝『好大一個蛤』的抖內，綠色給人的感覺就是一個好兆頭！」

葉素馨聽見有人抖內，頓時也不追著邵英傑打了，一雙大眼睛笑得如弦月彎彎，「沒錯沒錯，不覺得就像綠色乖乖一樣嗎？我們接下來的探險肯定會順順利利！」

「順利撞到鬼，然後妳就慘兮兮尖叫嗎？」邵英傑不懷好意地說道。

「啊啊啊！」葉素馨跺跺腳，手指用力比向鏡頭，「阿傑你很討厭耶，誰會慘兮兮尖叫啊，我可是靈異主播，我膽子向來很大的！」

「上一回在那個深山鬼屋裡，妳不是叫得超大聲嗎？不信妳問粉絲，他們的耳膜那時候是不是差點破了？」

聊天室頓時刷了一排「是」跟「哈哈哈」。

「我看到了，我幫粉絲們告訴妳，他們都說是！」

「好過分，你上次明明自己臉也白了，比我還白。我是好心幫你維持猛男形象耶，才沒跟粉絲說的。」

「靠喔，那妳就不要這次給我說出來啊！大家別聽方謝謝胡說，我還是猛男的，猛男才不落淚，也不會臉色發白！」

聊天室又是一排「哈哈哈」。

似乎被兩人的互動逗樂，又幾條代表著抖內的彩色留言出現。

看著醒目的顏色，邵英傑不禁咧開了笑，和葉素馨朝著停車場內部深入。

邵英傑和他的女朋友葉素馨都是直播主，他們兩年前組成搭檔，專門去一些荒涼廢棄、有著靈異傳聞的地方探險。

邵英傑負責企劃和拍攝，葉素馨則是在鏡頭前露臉，幕後也由她剪輯影片。

雖然和知名的大網紅無法相比，但長期經營下來也有了一批固定粉絲，願意爲他們的影片抖內打賞，也會有廠商找上他們合作贊助。

而今天他們前往的，是一處荒廢十多年的立體停車場。

黃黑相間的紐澤西護欄設在出入口，似乎是用來阻擋車輛進入，但擋不了徒步走進來的邵英傑和葉素馨。

邵英傑穩穩地舉著自拍棒，讓手機鏡頭先對準介紹周邊環境的葉素馨，再慢慢地往四周轉動，帶領觀眾清晰看見這座停車場的內部。

已經荒置多年，裡頭自然不會有車輛停放。一根根圓柱朝著前方延伸出去，水泥地面全是塵沙和被吹進來的枯枝落葉，有時候還會看到動物糞便。

「聽說這個地方啊，十年前發生了自殺事件。幾個年輕人約好來這自殺，他們決定集體上吊。但當其中一個女生上吊後，其他人似乎嚇到了，居然拋下人就跑，也不管對方還吊在半空中。那個女生最後當然是斷氣了，但因為對朋友的失約懷著巨大怨恨，她的靈魂一直在此處逗留。」

葉素馨一邊往前走，一邊說起有關這裡的靈異傳聞。邵英傑也會加入話題，和她一搭一唱，不時放放閃光，展現男女朋友之間的甜蜜蜜。

停車場雖只有三層，但佔地廣大，邵英傑和葉素馨的直播主打探險和靈異接觸，自是要走過每一處角落才行。

倏地，一抹黑影在空中閃過。

觀眾是最先發現的，立刻留言提醒。

「方謝謝，上面好像有影子閃過去！」邵英傑出聲喊道。

「什麼？哪裡哪裡？」葉素馨忙不迭抬頭張望。

黑影又一次閃現，這次進入葉素馨的視線範圍，還沒等她看清楚那是什麼，黑影就朝著她直撲而來。

「呀啊！」葉素馨當場抱頭蹲下尖叫。

黑影從她頭上飛過，一個轉彎停在旁邊的圓柱頂端。

邵英傑的鏡頭緊追著那抹黑影跑，這時終於看清黑影的眞面目。

原來是一隻蝙蝠。

「幹喔……」邵英傑鬆口氣，又猛然改口，「啊不是不是，我剛那不是嚇到，我那是猛男感慨，ＹＴ可不要因爲這樣就上我們黃標！」

聊天室相當有默契地又刷起一排排歡樂的表情符號。

除了看兩位直播主放閃外，他們更喜歡看兩人受到驚嚇的眞實反應。

邵英傑和葉素馨從停車場的一樓走到三樓，除了先前的蝙蝠插曲，再也沒碰上什麼意外，更別說靈異事件了。

雖然沒有見到不可思議的場景，但看直播主耍寶搞笑地帶領他們逛遍整座立體停車場，觀眾們也感到相當滿足。

「南投的廢棄停車場探險今天就先告一段落啦！之後如果有什麼想要我們去一探究竟的地點，可以寫信到我們的信箱，或者私訊粉絲團跟ＩＧ，４０４祕密搜查隊就會出動。粉絲團、ＩＧ還有信箱在我們的ＹＴ頻道上都有連結喔！記得也要分享按讚訂閱開啓小鈴鐺！掰掰，大家晚安！」

葉素馨朝著鏡頭揮揮手，直到瞧見邵英傑對她比出ＯＫ的手勢，便知道直播已經關閉，觀眾也不會再看見他們此刻的模樣。

「啊啊……講得我嘴巴都乾了，尖叫得喉嚨也好痛。我可是卯足勁，累死了……」葉素馨馬上垮下肩膀，走向邵英傑，「我的水壺給我，我渴死了。」

邵英傑從背包裡拿出葉素馨的粉色水壺，眉頭皺起，語氣也褪了直播期間的輕快，變得嚴厲，「妳剛才幹嘛要說出地點？」

「啊？我哪有？我只說了南投而已吧。」葉素馨認爲男友莫名其妙，「南投那麼大，要找到這地方也不容易吧，總不可能全南投就只有這一座廢棄停車場。」

「要我說多少次，我們這也算是擅闖私人土地，萬一眞有人找到我們頭上呢？」邵英傑唸唸有辭。

「不會啦，你老是想東想西的，頭髮才會掉那麼多，小心早禿喔。」葉素馨取笑著，不把這點小事放在心上。

她覺得自己男友就是擔心太多，又不是只有他們兩人在做探險廢墟的直播，那些人都大剌剌說出地點位置了，也沒見他們出事。

不過瞧見對方依然板著臉，葉素馨還是放軟了態度，抱住他的手臂，「好啦好啦，這次只是不小心，我下次絕對、絕對不會再犯的。要是再犯……我就胖十公斤，臉上還長痘！」

邵英傑知道這對愛美又拚命維持苗條身材的葉素馨來說，可算是一種毒誓了，他揉揉臉，不再揪著這個話題不放。

「我們趕緊回去吧，這裡蚊子有夠多……我都噴一層防蚊液了，怎麼還是有蚊子叮我！」葉素馨感覺腰間一癢，馬上往那裡拍去，只拍到一團空氣，白皮膚上則留下一個紅色的小包，「啊啊，快走快走，我討厭死蚊子了！」

「那就走吧。」邵英傑收起自拍棒，把手機塞到口袋，揹著背包和照明燈走在葉素馨身後。

兩人的腳步聲在這空曠的地方變得格外明顯，像被放大了數倍。

葉素馨拿出手機，邊走邊刷起自己的社群平台。她沒有關音量，任憑影片音樂流瀉，也不知道她看到什麼，突然笑出聲。

「欸欸欸，阿傑，你看這個甲魚，牠的表情真的超好笑！」葉素馨回頭對邵英傑招手，要他過來看。

「妳自己看就好啦，走路小心點，免得跌倒。」邵英傑沒有靠過去，對女朋友說的甲魚沒丁點興趣，他正思考著下次的企劃。

這幾次的收看人數降低了些，要是再持續下去，可不是什麼好兆頭。

他們做直播主的，最需要的就是觀眾和訂閱數量，他們是靠這些吃飯的。

「小馨，下次我們……」邵英傑想問女友下次的探險要不要結合一些民間習俗，但話還沒說完，一道若有似無的童聲倏地拂過他耳邊。

掃帚……

邵英傑愣了一下，腳步頓住，再細聽又沒發現任何異樣。

他沒有多想，以為是葉素馨手機裡傳出來的。

「小馨，妳覺得我們下一次的主題……」邵英傑這次仍舊沒把話說完，他又聽見那道小孩子的聲音了。

挽樹藤……

「葉素馨，妳放那什麼音樂，把它關掉！」邵英傑有些惱火了。

「啊？什麼？」葉素馨轉過頭，疑惑地望著自己男友，「什麼音樂？我沒在看影片了，哪可能有音樂。」

「那剛才的……」邵英傑難掩愕色。

「剛才？剛才怎麼了？」葉素馨納悶地問，緊接著雙眼一亮，「難道你聽到什麼奇怪的聲音了嗎？是怎樣的？是女人的聲音嗎？會不會是傳聞中那個上吊的女生？」

「妳在胡說八道什麼！那只是傳聞，又不是眞的。而且我聽到的……」邵英傑想收住話卻已經來不及了。

果然，葉素馨眼中的光芒亮得像火炬一樣，她一個箭步跑向男友，恨不得對方多說一點，「你聽到？所以你眞的聽到什麼了？」

邵英傑不禁後悔一時嘴快，反而引起女友的興趣。

他會和葉素馨一塊拍攝探索靈異景點的影片，一來是他們對這方面充滿興趣，二來是葉素馨的膽子格外地大，一點也不排斥在夜間前往廢墟探險。

別看她在直播時展現出對超自然又愛又怕的模樣，那都是演出來的，她知道粉絲們就喜歡看漂亮女生飽受驚嚇。

「可能是我聽錯了啦……這種地方，說不定是什麼原因造成回音，我才會覺得有人在說話還是唱歌。」邵英傑越說越覺得是這麼一回事，「我現在就眞的什麼也沒聽到了。」

「喔……」葉素馨毫不掩飾她的失望，「那如果有再聽見……」

「喂，妳眞的那麼希望妳男朋友撞鬼嗎？」邵英傑好氣又好笑地說。

「如果撞鬼，我一定馬上再開直播。」葉素馨舉起手機，「說不定能吸引更多觀眾。」

邵英傑一點也不認爲自己是撞鬼。

鬼哪有那麼好碰的？

這兩年他們拍攝這麼多影片、去了這麼多廢墟，可眞正碰上無法用科學解釋的狀況也是屈指可數。

見葉素馨繼續往前走，邵英傑也跟著邁開步伐，他沒再聽到奇怪的聲音了。

他們從三樓繞到了二樓，再從二樓準備繞到一樓。

由於這裡是半開放空間，圍牆之上便空無一物，壓根沒有裝設玻璃窗，風一大，就會吹進不少沙石，因此地面上的塵沙也積得格外地厚。

鞋子踩上去，會發出沙沙沙的聲響。

沙沙沙、沙沙沙、沙沙沙。

掃掃掃……掃帚……

猝不及防間，稚嫩的孩童聲音又出現了。

圓輪輪……招你……樹藤……

邵英傑的雙腳瞬間像被釘住，他僵直著身子，心跳似乎停止一拍。

又出現了，那個聲音！

這次格外清晰，邵英傑沒辦法再把那當作是錯覺。

小孩用著含糊的台語哼唱著，夾雜著咯咯咯的笑聲，在幽森的停車場裡令人寒毛直豎。

人在過度震驚下，真的會發不出聲音來。邵英傑張著嘴，想要喊住離自己越來越遠的葉素馨，但喉嚨就像被看不見的硬塊堵住，無論他再怎麼使力，依舊擠不出半個音節。

葉素馨渾然沒察覺身後的異樣，仍刷著她的手機，「對了，你說我們回去後欣欣是睡了嗎？還是起來了？我實在摸不準她的作息時間耶……這樣我們待會買宵夜到底要不要多買一份？」

葉素馨等了好一會都沒得到回應，她困惑地頓住腳步，回過身，「你到底有沒有在聽我……阿傑？」

邵英傑的臉色在燈光下透出不尋常的蒼白，他全身緊繃，握著背包肩帶的手指關節泛白，彷彿正面臨什麼危急關頭。

葉素馨這下也看出不對勁，急急跑回去，「阿傑！喂，阿傑！你怎麼了？」

幾乎葉素馨的大叫響起，徘徊在邵英傑身邊的童稚哼唱就消失了。他整個人也像被解除定身術，肩膀一垮、膝蓋一軟，差點要站不穩地往前栽去。

「阿傑！」葉素馨連忙伸長手臂，攙扶住自己的男友，「還好嗎？」

「沒、沒事……我沒事……」邵英傑喘著氣，靠自己的力量重新站穩，「妳剛剛有聽到嗎？小孩子的歌聲……」

「小孩子？」葉素馨瞪大了眼，猛然反應過來，「你聽到有小孩子在唱歌嗎？真的假的？但我什麼也沒聽到啊，現在還在唱嗎？」

「現在？」邵英傑晃晃腦袋，試圖讓自己振作點。他重新屏氣凝聽，而葉素馨則摀著嘴，怕弄出丁點聲音干擾他的判斷。

半晌後，邵英傑確定了。

什麼也沒有。

見邵英傑搖搖頭，葉素馨浮現露骨的失望，不死心地追問，「真的沒有了？」

「沒有了，現在就只聽到妳在呱呱叫。」邵英傑老實地說。

「誰呱呱叫？我又不是青蛙！」葉素馨氣惱地打他一下，「怎麼就只有你聽見？我也想聽看看啊，難道你是那種特殊體質的人嗎？」

「都在一起多久了，妳還不知道我是不是嗎？」邵英傑無奈地說。

「也是，不然我們之前拍片的時候就能順利常常見鬼了……唉唉唉，好可惜，太可惜。」葉素馨一番長吁短嘆，隨即又好奇地追問，「你說聽見小孩子唱歌？唱什麼歌？男生還女生？」

「我不太確定……」邵英傑和葉素馨並肩行走，他可不想再體驗一次孤立無援的滋味，「聽不太出是男生還女生，感覺年紀很小。」

「唔嗯，年紀小的話，的確比較不好判斷性別。」

「聽起來……是台語歌的樣子。」

「咦？台語？」葉素馨吃了一驚，似乎沒想到邵英傑聽到的會是台語歌，「你確定？」

「應該？我覺得聽起來是。」邵英傑加快腳步，「我們快點離開這地方吧。」

「哎唷，我們走慢一點說不定還可以……」葉素馨猶然不死心。

邵英傑裝作沒聽見，走得更快了。

眼看自己就要和男友拉開一段距離，葉素馨跺跺腳，只好放棄勸說，三步併作兩步地跟了上去。

就算她膽大，也喜歡不可思議的事，但她才不想獨自留在空無一人、蚊子還很多的廢棄停車場。

邵英傑他們的車停在離停車場不遠的地方。

看到邵英傑拿出車鑰匙，葉素馨伸手一把搶過，「回程我開吧。」

邵英傑沒有拒絕，知道女友是擔心他的身體，一坐上副駕駛座，他就虛脫地靠在椅背上。

「你臉還是滿白的耶，確定沒問題？」葉素馨關心地問，「明天要去給人收驚一下嗎？」

「看看情況吧……要是還不舒服的話。」邵英傑閉起眼，聽見引擎發動，車內音響接著傳出流行音樂，「直接回去吧，回去肯定都晚了，我也沒心情吃什麼宵夜。」

「你沒心情我有，還是買點東西回去吃啦，補一下也好。」葉素馨轉動方向盤，開往下山的道路，「不管，反正車是我在開。」

既然葉素馨這麼堅持，邵英傑也放棄多說什麼。

待回到台北，葉素馨繞去漢口街的小吃店買了三份蚵仔煎，這才開車駛向邵英傑的住處。

回到邵英傑住的地方已快凌晨兩點。

社區大樓的正門過十二點就會上鎖，必須用住戶磁釦從旁邊的小門進去。

小門被推開時發出響亮的聲音，驚醒了管理員室正在打瞌睡的管理員。他反射性抬起頭，見有住戶回來，連忙裝作一副認眞值班的樣子。

邵英傑和葉素馨掩不住一臉的疲累，壓根沒多餘力氣留意管理員是醒著還睡著。

他們穿過走道，來到位於後方的一座綠色電梯前。

邵英傑租的公寓在十一樓，是兩房一廳一衛的格局。最早只有邵英傑自己一人住，後來和葉素馨交往、兩人感情穩定後，葉素馨也搬了過來，一同分擔房租。

而在一年前，這間公寓又多了一名房客。

剛打開外層的鐵門，邵英傑就發現內門門縫透出燈光，知道屋裡的人還醒著。隨著門板往內推開，客廳景象在燈光照耀下一覽無遺。

邵英傑的眉頭立即皺起來，眉毛彷彿要打成一個結。不能怪他流露出如此不高興的表情，實在是因爲客廳裡一片凌亂。

「這也太亂了吧……是颱風颳過嗎？」葉素馨一走進客廳，忍不住低呼出聲。

長桌上散落著吃完的餐盒、紙碗，用過的衛生紙被揉成一團，好幾個紙團全留在桌面上，就連藥袋也扔在那邊；地板上則堆著兩個大購物袋，裡頭塞滿了東西，一看就知道尚未整理。

葉素馨馬上猜到是誰製造出這幅光景，她保持安靜，不打算主動上前整理。

邵英傑的臉色有些不好看了，見客廳和廚房沒人，他把宵夜放上還算乾淨的桌面一角，沒心思留意旁邊散著的幾封信，快步走向離門口最近的房間，敲了敲門。

「邵欣欣、邵欣欣！」

房內沒有動靜。

但邵英傑知道自己妹妹一定在，她的兩雙外出鞋還在鞋架上。

邵英傑等了一會，再次敲敲門，這次力道更大，「邵欣欣！不要只會關在房間裡打遊戲！出來把妳的東西給我收一收！」

門後倏地傳出椅子滑動的聲音，下一刻，緊閉的房門總算從內打開。

或許是居家工作的關係，邵欣欣總穿著寬鬆的長袖衣物，一頭長髮披散，過長的劉海蓋過眉毛，幾乎碰著眼睛。她垂著眼，聲音小小的，給人陰沉的印象。

「幹嘛？」

「還問我幹嘛？」邵英傑克制著怒氣，不想三更半夜地與自己妹妹大小聲，「客廳弄那麼亂，妳好歹收一下吧。東西吃完就這麼放著喔？還有妳的藥袋，是不會收好嗎？跟妳說了，妳作息調一調就不用在那吃安眠藥。」

「那才不是安眠藥，那只是贊安諾。而且我本來晚一點就要出來收的，是你們太快回來。」邵欣欣從邵英傑身側擠出去，對他不悅的臉色視若無睹，見葉素馨站在客廳，也沒打招呼，自顧自地收拾起客廳裡的凌亂。

葉素馨看見邵英傑像生著悶氣地走回來，她聳聳肩膀，對這對兄妹的相處模式已經習以為常。

邵欣欣是在一年前搬過來的。

那時候邵英傑是這麼說的。

「我妹……欣欣問說能不能搬過來跟我一起住？她住的地方房東臨時要收回去，我想說我們這還有一間房間能給她使用，她會付她那一份房租的。別擔心，她個性不難相處，三餐也會自己解決，沒有要跟我們一起。」

和邵英傑交往期間，葉素馨聽他提過家裡的事。

他是單親家庭，父親早逝，母親拉拔他們兄妹長大，幾年前母親也過世了。妹妹小他五歲，自小和他感情不錯，但隨著年齡越漸增長，兩人分住在不同地方，彼此關係似乎也漸漸生疏了。

男友的妹妹想住過來，葉素馨自是沒什麼意見。

她也曾想過邵欣欣和邵英傑應該挺像吧，就算關係變得有些生疏，但也是外向、善交際的性子。

邵英傑不都說邵欣欣的個性不難相處嗎？

某方面來說，邵英傑沒有說錯。

邵欣欣不難相處。

——因爲幾乎不會有時間跟她相處。

第一次與邵欣欣見面，葉素馨的所有臆測都碎了個精光，出現在她面前的是個陰沉安靜的長髮女性。

邵欣欣話不多，視線也少看向他人，總往旁邊或地面飄，直到邵英傑催促，才出聲和她打了招呼，就連聲音也小小的，不說話時手指會無意識地搓動著。

葉素馨沒想到這對兄妹是如此天差地別，但好在邵欣欣幾乎都待在自己的房間裡，大大減少他們接觸的機會，省去了面對彼此的尷尬。

葉素馨後來問了才知道，原來邵欣欣是個漫畫家。她上網搜尋，才曉得對方畫的是恐怖漫畫，似乎還小有名氣。

葉素馨曾向邵英傑提議，讓邵欣欣當客串來賓，跟他們一起去探險，這樣應該能製造一些話題性，或許還可以把邵欣欣的粉絲引過來他們這。

邵英傑拒絕了，他說邵欣欣近年來越來越不喜歡和人群接觸，所以才會選擇能在家工作的職業。

葉素馨覺得可惜，不過也沒強求。

只是這一年多來，雖然邵欣欣大部分時間像個隱形房客，但她的一些生活習慣著實讓人頭痛。

例如今夜客廳裡的髒亂。

不過葉素馨決定交給邵英傑處理，她可不想插手兄妹間的事，最後搞得裡外不是人。

「浴室我先用囉，你東西也趕緊放一放吧，揹著不累嗎？」她朝邵英傑說了一聲，抱著衣物走進浴室，門一關，外面發生什麼事都與她無關。

邵英傑經女友提醒才想起自己還揹著背包，他回到房裡把直播器材放好，再回到客廳。

看見長桌重新變得乾淨，盤踞在心口處的那股鬱氣終於消散。

「妳平時這樣做不就好了？」邵英傑鋪了張紙，把滲出一些油漬的紙餐盒放到上面，「蚵仔煎，有買妳的份。不過妳吃完絕對要記得拿去丟，不准像剛才那樣都扔桌上不管。我也不想一天到晚唸妳，但妳就不能……」

「你的信。」邵欣欣忽地抽出桌上的一個信封，往他一遞，打斷了他的嘮叨。

「什麼信？」邵英傑先前以爲那些不過是廣告信，沒想要拿起來看，聽妹妹這麼一說，有絲驚訝。

「我怎麼會知道？」邵欣欣愛理不理，她把手機放在手機架上，一手在螢幕上點來點去玩起手遊，一手則是拿筷子吃起蚵仔煎。

客廳裡瞬間響起手遊的背景音及一票人七嘴八舌的對話。

邵英傑雖已習慣她吃飯配手機，但是打手遊還把聲音放出來就有點超過了。

他皺著眉頭看向邵欣欣，但對方一門心思都在手機上，嘀嘀咕咕地與手遊裡的同伴說話。

而且是嘴裡還有著食物的狀況下。

邵英傑一張臉又沉了下來，但邵欣欣根本沒注意到他的不高興。

「往東往東，小日子你有聽到嗎？」邵欣欣突然激動地提高聲音，「再不快點你會……啊，被殺死了。」

「夠了喔妳，吃東西玩什麼手遊。」邵英傑的忍耐也到極限，「客廳並不是只有妳在用，是不會開成靜音或是去裡面玩嗎？」

「知道了。」邵欣欣撇了下嘴，對著手機說道：「我暫離一下，你們繼續玩。」

見她眞的把聲音關掉，再也聽不見吵嚷的說話聲後，邵英傑才把注意力移回邵欣欣先前拿給他的東西。

他看著只寫著收件人住址和姓名的白色信封，心裡認定這大概又是一封廣告信。

只是現在的廣告信連點資訊都不透露的嗎？這要怎麼跟人打廣告？還是說都寫在信裡面？

邵英傑撕開信封，裡頭只有一張紙，他抽出來一看，眉毛不禁高高挑起。

紙上只有七個字。

我知道你的祕密

邵英傑還沒說話，就有人先幫他把想說的說出來。

「這什麼啊？」葉素馨不知何時走了出來，站在沙發旁邊，側頭看著邵英傑手上的紙。

洗完澡的女人用長毛巾裹著頭髮，渾身散發著熱氣和淡淡甜香，臉上還帶著熱度蒸騰出來的紅暈，只是一雙大大的眼睛裡此刻全是疑惑。

「你的祕密？誰寄給你的？」

「不知道，信封上也沒地址，惡作劇吧？」邵英傑不以爲意地將信紙揉成一團，扔進了腳邊的垃圾桶，「世上就是有那麼無聊的人，眞的吃飽太閒了。」

「眞的？你沒有什麼祕密瞞著我？例如……在外面腳踏兩條船之類的？」葉素馨故意板著臉。

邵英傑嘖了一聲，伸手將人一把拉過來，不客氣地搔起對方的癢，「誰踏兩條船啊？光妳這條船就讓我暈得下不來了！」

「哈哈哈！別搔我癢……哈哈哈哈！很癢啊！」葉素馨扭動著身體，拍打著邵英傑的手，試圖讓自己脫離他的魔掌。

「客廳又不是只有你用。」邵欣欣嘴唇嚅動。

邵英傑根本沒聽到，只顧著逗葉素馨，兩人在沙發上打鬧起來。

邵欣欣加快吃東西的速度，將最後一口宵夜吞下肚，本來又想將餐盒放著不管。

邵英傑似乎看穿妹妹的意圖，壓制住不停扭動的女友，警告的眼神瞪過去，「說好要自己收的呢？」

「……嘁。」邵欣欣小小聲地發出不滿，拎起餐盒，遠離這對煩人的情侶。

葉素馨剛又是求饒、又是笑得不行，聲音都啞了，「邵英傑你這豬頭！」

「豬頭也是妳男朋友。」邵英傑鬆開雙手，讓人好好坐在沙發上，「下次主題，妳有概念了沒有？」

「不是吧，我們才剛結束拍攝耶，不能緩個幾天嗎？」葉素馨哀嘆一聲，「起碼讓我好好補個眠吧……再熬下去，我的美貌都要消失了。」

「放心，我不會嫌棄妳的。」邵英傑說完，就被葉素馨惡狠狠地捏了下腰間肉，他抽口氣，沒想到女友這麼狠心，「好好好，改天再想，這兩天先好好休息。對了，妳之前不是有買什麼安眠茶？」

「嗯？對啊，你不是嫌它味道有點怪……明明就還好，那可是我朋友推薦的，效果不錯呢。」葉素馨扯下毛巾，讓半乾的頭髮散落至肩上，「怎麼?你要喝嗎?」

「嗯……」邵英傑猶豫一會，還是說出口了，「其實這幾天都沒怎麼睡好。」

「騙人吧?我看你睡得像頭豬，打呼又大聲。」葉素馨哼哼幾聲，「我都還沒睡著，你都睡死了。」

「睡是睡了，但睡不安穩……」邵英傑揉按著太陽穴的位置，「而且大概是好幾天都沒睡好，總覺得常常耳鳴，還有點幻聽了。」

「天啊，沒問題嗎?還好吧?」葉素馨忍不住緊張起來，「明天要不要先去看醫生?是怎樣的幻聽?」

或許是職業病作祟，關心完男朋友，葉素馨一時嘴快，又追問了幾句，「科學的還是不科學的?」

邵英傑的回答是朝她翻了大大的白眼，但仍提了下自己的狀況，「好像會突然有人講話的錯覺。」

「講話?講什麼話?」

「聽起來有點像圓輪輪……樹藤之類的，反正肯定是沒睡好造成。安眠茶等等記得拿給我。」

「知道啦……」葉素馨拉長了聲音，將毛巾往脖子上一放，準備回房間吹頭髮，

「要是沒改善，得去看醫生嘿。」

「先看看再說。」邵英傑認爲這幾天好好補個眠就能改善了。他站起身來，換他去浴室洗澡。

被扔進垃圾桶的那團信紙再也無人關注，誰也沒有放在心上。

第二章

有時事情就是這麼奇怪。

當人想要好好補眠，而且隔天也不須早起的時候，偏偏睡意退散得特別快，設定的鬧鐘還沒響，人已先清醒過來。

邵英傑今天就是這樣。

他大睜著眼睛，直勾勾地望著天花板的圖案好一會，發現自己毫無睡意，清醒得不得了。

他翻了個身，撈過放在枕邊的手機，用指紋解鎖，本來一片黑的螢幕馬上亮起。上面顯示的時間是早上八點。

不是吧，還這麼早……邵英傑鬱悶地把手機扔回去，他閉上眼，意圖重新培養睡意。

他今天的計畫可是要昏睡到中午十二點，再爬起來跟女友一起外出吃頓美味的早午餐。

邵英傑還在心裡數起羊，當他數到兩百隻的時候，他累了，他放棄了。

他再度翻動身子，臉面向躺在旁邊的葉素馨。

葉素馨仍在夢鄉之中，睡到嘴巴都開開的，嘴角隱約能瞧見一點透明水漬。

如果是平時，邵英傑會嘲笑自己女友睡覺流口水，但現在他只無比嫉妒。

爲什麼她就能睡那麼香？自己卻睡意全無。

看著葉素馨的睡臉，邵英傑鬱悶極了。在發現腦袋清醒、雙眼清明，整個人清醒得不得了之後，他認命地撐起身體，從床上起來。

早上八點多，公寓裡安安靜靜的，陽光從客廳的落地窗外灑入，大半地板被映得金燦。

邵英傑經過邵欣欣的房間，聽不見裡面有什麼動靜，透過門縫可以確認燈是關的，但房裡的人究竟是睡著還醒著，就很難說了。

別說是葉素馨，邵英傑也摸不準妹妹的作息時間。

算了，只要別把自己餓死就好。

邵英傑耙耙頭髮，走去廚房想泡杯咖啡，結果發現罐子裡的即溶咖啡早已見底。

早上不來一杯咖啡，一天就像還沒開始。

邵英傑瞪著那個空罐子半晌，想喝咖啡的欲望還是打敗了不想下樓的念頭，只好到附近的便利超商先買杯熱咖啡，也沒忘記爲家裡補一瓶新的即溶咖啡粉。

回到大樓，邵英傑走至郵箱前習慣性往內摸索，不意外地摸出一疊廣告ＤＭ，他沒逐一看過，直接夾在臂彎下就上樓。

公寓仍一片安靜，但仔細一聽，會發現邵欣欣房裡傳出細碎的聲音。

該不會一起床就在打遊戲吧。邵英傑暗暗地想，沒想到房門開了，從裡面走出來的竟是葉素馨。

「小馨？」邵英傑訝異地挑高眉，「妳去欣欣房間做什麼？」

「我衛生棉沒了，所以去跟她借。」葉素馨揚揚手裡的方形物體，目光落到他手上的熱咖啡，「怎麼只買你自己的，我也想喝咖啡。」

「我有買即溶，妳可以泡來喝。」邵英傑說道。

「不要，我要喝現煮的。」葉素馨拿走他手裡的咖啡，在他臉頰親了一下就往房裡走。

「眞是的，老是這樣我行我素。」邵英傑沒轍地搖搖頭，給自己泡了杯咖啡，再拿兩片吐司抹了果醬，直接叼著就去客廳坐。

濃郁的咖啡香縈繞在鼻前，邵英傑喝了幾口咖啡，伸手將扔在桌上的那疊廣告信撈過來，一封封翻閱。

百貨公司的、還是百貨公司的……這張則是大賣場的……

邵英傑動作忽地一頓，看見廣告單中夾著一個白信封，收件人處寫著他的名字。

他以爲跟昨天一樣，又是無聊的惡作劇信件，然而當他將信封從廣告堆中抽出，他臉色大變，瞳孔猛地收縮，彷彿看見某種恐怖的東西。

邵英傑幾乎反射性丟開那封信，看著它輕飄飄地落至地板上，正面正好朝上。

除了收件人，寄件人的地址和姓名也進入邵英傑眼中，灼痛了他的眼珠。

邵英傑對那個寄件地址沒印象，但他無論如何都忘不了寄件人的名字。

——方知華。

這是一封方知華寄給他的信。

「不、不可能……」邵英傑喃喃地說，看著白信封如同看著毒蛇猛獸，一時甚至不敢再拿起那封信。

因爲、因爲……

方知華二十年前就死了啊！

沉寂在角落生灰，幾乎要被邵英傑遺忘的記憶驀然像被滴進色彩，突地從灰暗變得鮮明，宛若書頁掀飛，在他腦海中快速逐一閃現。

彷彿間，他好像回到二十年前的鹿港鎭。

回到哀淒的素白靈堂裡，看見時間和生命從此定格在遺照裡的方知華。

邵英傑打了個寒顫，強制從那些回憶中抽出。他以爲自己全忘了，事實證明他只是膽小得不敢再去直視。

邵英傑看著躺在磁磚上的信封，無論是寄件人或收件人資料，都是列印出來再黏貼上去的。

方知華早就死了，信當然不可能是他寄來的。

可是，會是誰？是誰會冒用死者的名字？

如果是惡作劇，未免也太沒品、太惡劣了，居然拿方知華的名字開這種玩笑！

邵英傑嚥嚥口水，待狂跳的心臟稍微安分下來，他深吸一口氣，彎身撿起了那封信。

這一次他看得仔細，寄件地址是505彰化縣鹿港鎮復興南路70-4號。鹿港鎮，確實是他和方知華的家鄉，只是他離開鹿港那麼多年，早就不記得復興南路是哪條路。

邵英傑把這個地址輸入到google地圖，隨即跳出一個地標位置。

舊鹿港溪親水廊道。

邵英傑臉色轉白，舊鹿港溪這幾個字如同當頭棒喝，砸到他的頭上。

他不記得復興南路，但他記得舊鹿港溪。

舊鹿港溪還有個別稱，又叫舊港溪。

年少時期，他們總喊那是臭水溝。

那裡……就是方知華淹死的地方。

明明室內氣溫相當舒適，邵英傑卻感到渾身發冷，無比熟悉的客廳像冷不防灌入了陣陣寒風。

邵英傑咬咬牙，決意撕開信封。不管是誰寄來的，他總得看看信裡寫了什麼。

信封裡只有一張薄薄的信紙，紙上寫了兩行字。

邵英傑、袁和田、鍾明亮、梁又庭，我不原諒你們。

6/3，我等你們。

黑色的大字彷彿無聲的控訴，直撲臉面而來。

邵英傑緊捏著信紙，大腦一片空白，短時間內都無法思考，像被關入一個眞空空間，什麼聲音也聽不到。

下一秒，屋內的各種響動重新傳來。

電風扇在轉動，快煮壺在加熱，窗外傳來了車輛的喇叭聲。

同時一陣暈眩感也重重撞擊上邵英傑的腦袋，令他眼前一黑。但就算他用力閉上雙眼，似乎還能看見那白紙黑字在眼內晃動。

短短的兩行字所帶來的衝擊力，無疑像當面揍了他猛力的一拳。

輕飄飄的紙張霎時有若千斤重，邵英傑再也拿不住，只能看著它從指間滑落。

邵英傑呼吸變得急促，心臟瘋狂跳動，強力地撞擊著他的胸口，好似下一剎那要從他的喉嚨擠竄出來。

他坐在沙發上不動，手腳發冷，懷疑自己血管中流動的血液是不是突然間都凝成碎冰，才會有陣陣冷氣從體內散發出來。

就算信紙滑落至沙發，但那怵目驚心的白底黑字還是閃避不了。

邵英傑想起昨天的那封信，那封沒有署名的信……難道也是方知華寄來的嗎？

認定一個死人會給自己寄信，邵英傑知道這樣的想法很離譜，說給別人聽估計都會當他是瘋了。

但是那兩句話……

那宛如厲聲控訴的「我不原諒你們」，除了方知華，又有誰會這樣說？

可信上有郵戳，還寫著鹿港郵局。

邵英傑只覺腦袋像被切割成兩半，一半在竊竊私語是方知華來找他們了，一半又慷慨激昂地認定這封信怎麼看都是人爲，看看上面列印出來的字，還有來自鹿港郵局的郵戳。

是有人打著方知華的名義，給他寄這封信。

問題是……不可能有人知道方知華溺死的前一晚是跟他們在一起。

只有他們四個人知道。

邵英傑的腦袋被兩邊爭執不休的聲音吵得像要爆炸，他霍地抓起桌上的咖啡一口氣飲盡，快步走到浴室，用冷水潑了幾次臉。

冰涼的水令他稍微冷靜下來，他看著鏡中雙眼猶帶驚惶的自己，大力拍上臉頰，把渙散的思緒聚集在一起。

邵英傑重新回到客廳坐著，那張信紙被他翻過面，暫且壓到那疊廣告單下面。也不管早餐只吃到一半，他現在根本沒心思吃東西，光那封信就讓他食欲消失。

拿起手機，點開LINE，在長長一串聯絡人中，總算找到想找的名字。

袁和田。

一票國中同學裡，袁和田是難得與邵英傑還保持聯繫的人。

就連邵英傑也沒想到。

袁和田在國中時是梁又庭的跟班，在他們這個小團體中不甚起眼，他總是跟在梁又庭後面，又被他們私下戲稱是梁又庭的馬屁精。

而隨著方知華意外過世，他們這個小團體跟著四分五裂，漸行漸遠。

雖然後來都在鹿港高中就讀，但基本上沒什麼往來，有如陌生人，國中時的情誼如同幻夢一場。

方知華的死成了他們之間不敢碰觸的瘡疤，誰都不想承認自己有錯。

假如那一晚，他們沒有故意拋下方知華，留他一個人在舊港溪……是不是就不會發生那件悲劇？

可一旦承認了，就好像方知華的死是自己造成的，是他們害死了對方。

高中一畢業，邵英傑就像逃難似地遠離這個令他呼吸不過來的小鎮，選擇位在北部的大學就讀。

可是，他只能感嘆緣分有時候就是這麼奇妙。

他怎樣也沒想到，會在那裡再次碰上袁和田，後者也是萬分驚訝。自從各分東西後，他們都沒特意打聽對方的狀況，所以也不知道彼此高中後的發展。

袁和田和他考上了同一間大學，科系不同，但有些選修課重疊。

再怎麼說都是來自同個家鄉的人，一來二往的，兩人又漸漸熟悉起來，不過彼此相當有默契地從不提及方知華，更別說當年那晚發生的事。

那一夜，成爲了他們無法言說的祕密。

大學畢業後，他們兩人就這麼保持聯絡到了現在。

點開袁和田的聊天介面，邵英傑按壓鍵盤打了幾行字，又全部刪除。重複幾次後，乾脆放棄用文字詢問，直接按了介面上的話筒圖案。

LINE的獨有鈴聲在耳邊響了一會，就在邵英傑以為無人接聽之際，電話倏然被人接通。

「喂？英傑？」袁和田的聲音傳進耳中，「找我什麼事？」

「你……」邵英傑眉頭皺起，「你聲音聽起來有點虛……你感冒了嗎？」

「不是……」袁和田苦笑一聲，「昨天跟我老婆大吵一架……不，也快不能說是我老婆了，她要跟我離婚了。」

「咦？怎麼會？」邵英傑大吃一驚。雖說還有聯繫，但他們也不到知交好友的程度，因此還真不曉得對方的近況，「怎麼會突然要離？」

「也不是突然……」或許是雙方關係不那麼熟稔，袁和田那些憋在心裡的話反而能輕易說出口。他就像抓住了一根浮木，忍不住開始向邵英傑大吐苦水。

邵英傑這才知道袁和田上上個月被資遣，重新找工作又不順利，想著還有一點存款，就先在家休息一陣，可是他妻子卻對此頗有怨言。

他妻子是家庭主婦，原本支持他調整好再出發，可在家裡相處的時間變長了，兩人間不知不覺摩擦也變多。

妻子三不五時抱怨他不肯分擔家事，只會在家裡當大爺，如果要繼續這樣，還不如趕緊去找工作。

但袁和田就是碰了不少壁才想著先休息一下，隨著妻子的抱怨變得頻繁，他也忍不住脾氣了，多次與她起爭執。

「我真的不懂，我明明每天都有幫她倒垃圾，她到底還有哪裡不滿足？她之前常嚷著追垃圾車有夠麻煩，現在我幫她做了，她又找別的事來煩我。」袁和田苦悶地說，「我哪裡有當大爺，吃完飯我也會把碗筷放到水槽裡，一個禮拜還會替她掃一次地或拖一次地。」

妻子的冷嘲熱諷和待業中的焦慮內外夾擊著袁和田，他身心大受影響，覺得自己像陷入無法脫離的泥沼之中，只能不斷下沉。

憂鬱、煩躁、失眠接連而來，讓袁和田不得不求助身心科，試圖改變現狀。

但很顯然地，他的妻子已經拒絕再跟他相處下去。

邵英傑現在才知道國中同學身上發生了這些事，乾巴巴地慰問了幾句，想著該怎麼把話題拉回自己想問的。

還是袁和田猛然想到邵英傑打電話給自己想必是有什麼事，結果全變成自己在說，他有些不好意思地道著歉。

「抱歉啊，讓你聽這些，我只是忽然很想找個人說一下……」

「沒關係，你也不容易，碰上這些事總是不好受……有時間可以聚一聚。」

「啊，英傑，所以你找我是要？」

「我是想問你一件事……」邵英傑舔舔發乾的嘴唇，一時像是不知該如何開口，待目光觸及信紙上的大大黑字，他咬咬牙，還是把盤旋在心底的問題問出口了，「你有收到……收到方知華的信嗎？」

手機另一端驟然傳來一陣不小的響動，聽起來像是東西翻倒的聲音。

「你怎麼……」袁和田呼吸變得急促，「你怎會知道？難道說，你也收到了？」

邵英傑猜得出袁和田為什麼會這麼問，方知華的信裡寫了他們四人的名字，倘若他沒想錯，他以外的三個人應該都有收到。

「我收到了。」邵英傑承認，「今天一早在信箱發現的，信封上的地址是舊港溪，臭水溝的位置。」

手機另端沒有人說話，但從加重的呼吸可以知道袁和田仍在聽。

「我等等把信拍給你看吧。」邵英傑閉上眼，那兩行大字仍舊抹滅不去，像深深烙印在他的眼底。

「你的信……」袁和田似乎費了一番力氣才擠出聲音，「你的信也是寫著我們四個人的名字嗎？」

「嗯。」

「名字後面是不是……還有一句話？」

邵英傑不想說出那句話，所以他從喉頭發出一個音節。

袁和田知道意思。

「那眞的是……方知華寄來的嗎？」袁和田迷茫地問，「可他不是早就……早就……」

早就死了。邵英傑默默在心裡補充。

「英傑，你說怎麼辦？都那麼多年了……爲什麼會突然收到這封信？」

邵英傑沒辦法回答，他也想知道答案。

手機兩端沉默片刻，隨後邵英傑打破這份凝窒。

「你還有跟梁又庭和鍾明亮聯絡嗎？」邵英傑單刀直入地問。

「是還有……」袁和田下意識回答，緊接著領悟到這句問話的含意，「你覺得他們也有收到信？」

「都特意寫上我們四個人的名字了……」邵英傑低聲說。

袁和田像是不知該怎麼接下去，也或許他覺得自己是多此一問，最後他只說「你等我一下」，便掛掉電話。

LINE跳出一個來自袁和田發出的群組邀請。

邵英傑按下加入，沒多久便看見兩個多年未見的名字在視窗裡出現。

鍾明亮。

梁又庭。

率先冒出頭說話的是鍾明亮。

鍾明亮：邵英傑，眞的是邵英傑喔？哇賽！都幾年沒見了，你現在在哪？

梁又庭：袁和田，你沒事幹嘛開這個群組？你是吃飽太閒嗎？要是沒重要事，我要退出了。

邵英傑連忙打出了「等等」兩字。

梁又庭：有話快說，有屁快放！

這麼多年過去，梁又庭蠻橫的性子似乎沒多大改變，鍾明亮還是習慣性地先活絡氣氛。

邵英傑恍惚間好似又回到二十多年前，他們還是那個要好的小團體的時候。

邵英傑：我有東西要給你們看。

打完這句話，邵英傑拍下那張信紙，把照片上傳到群組裡。照片旁邊很快浮現小小的已讀3。

群組裡一陣沉默，誰也沒有先回應的意思。

隨後袁和田也上傳了他的照片，與邵英傑同樣內容。

梁又庭和鍾明亮還是沒說話。

邵英傑：你們是不是也有收到？我跟袁和田都收到了。

梁又庭終於說話了。

梁又庭：收到又怎樣？幹！肯定是有人故意裝神弄鬼，你們不會眞怕了吧？

袁和田：那一天……最後跟方知華在一起的人是我們，方知華恨我們也是正常的……

梁又庭：聽你放屁！他死在臭水溝邊跟我們又沒關係，人不是我們害死的，最好世界上會有鬼！

袁和田：這樣的話，那封信又該怎麼解釋？那一晚只有我們幾個在，根本不可能有其他人知道！梁哥，信上寫了我們四個人的名字，還要我們六月三號等著他，還有那個寄件地址！

梁又庭：見什麼見？見鬼嗎？他早死透了！還有地址又怎樣？

邵英傑打出「那是臭水溝的位置」發送出去，梁又庭那邊再度陷入靜默。

鍾明亮：雖然那天除了我們之外就沒有別人，可是……鬼不可能有辦法寄信的吧！而且信上的字還是列印出來的，如果鬼能用印表機，那也太厲害了！更不用說信上還有鹿港郵局的郵戳，怎麼看都是有人暗中搞鬼。

鍾明亮說的，邵英傑也想過。

現在的關鍵點在於……誰寄了這封信？又是如何得知方知華死前曾跟他們在一起？還說六月三號會出現……

方知華眞的會出現嗎？

再過三天就是六月三號。

倘若想知道更多，要做的只有一件事。

邵英傑：我打算後天回老家一趟，你們來嗎？

「欸？你後天要回鹿港？」

葉素馨起床不久，就聽見邵英傑臨時決定要回鹿港老家，她吃了一驚，也滿懷不解。

印象中男友大概半年才會回去一次看看老家的狀況，上一次是不久前，怎麼突然又說要回去？

「就是……想回去看看。」邵英傑含糊地說。

即便葉素馨是自己女友，他也不會主動透露回鄉的眞正理由。

二十年前的那件事，只能有他們四個人知道。

那個祕密將會爛在他們心裡，永遠不見天日。

「可能要打掃屋子，我自己回去就行了，妳到時篩選一下粉絲投稿的地點，看哪個適合我們下次去。」邵英傑說。

「那你記得幫我買阿振肉包。」葉素馨提出要求，「我喜歡它們家的皮跟餡。」

邵英傑自是答應。

在廚房裝水的邵欣欣這時走出來，劈頭就對邵英傑說道，「我也要去，你順便載我。」

邵英傑和葉素馨沒想到邵欣欣會突然插進他們的對談，一下沒反應過來。

見邵英傑沒回話，邵欣欣又說一遍，「我也要回去。」

「妳說……什麼？」邵英傑回過神，驚訝地問了一遍。

「我說，你要回去的話，我也要一起回去。」邵欣欣像是對於自己要重說那麼多次感到不耐煩，她雙手抱胸，指甲不自覺地直摳撓著胳臂。

邵英傑慢半拍理解過來邵欣欣的意思，但這反倒讓他心裡忍不住竄上一股惱火。

「妳回老家幹嘛？妳不是最討厭回去嗎？」邵英傑沉著臉，幾近刻薄地說。

葉素馨嗅出氣氛不對，隨便找個理由匆匆回房，不想捲入兄妹之間的紛爭。

「那又怎樣？」邵欣欣音量抬高了些，「那也是我家，難道我就不能回去？」

「妳想著把它賣掉的時候，怎麼不想想那是我們家！是我們從小生長的地方！」

邵英傑口氣很衝，堪比吃了炸藥。

不能怪邵英傑有這種反應。

雖然他常對葉素馨說他們兄妹感情不錯，可實際上，眞正不錯的時期只到他升上高中之前。

上了高中課業繁重，上學和補習塞滿他的生活。不知不覺間，曾經像條小尾巴，總喜歡跟在他後面的妹妹變得越發陰沉，也越發不愛與人往來，包括他這個兄長。

邵英傑沒多想，只以爲青春期的女孩子性格陰晴不定很正常，可沒想到邵欣欣的個性像是從此定了型。

記憶裡會對他撒嬌抱怨的小女孩似乎變得相當遙遠。

但人總是會變的，連他自己也一樣，所以邵英傑接受了妹妹的變化。

他不能接受的是，母親過世不久，邵欣欣居然就急不可耐地想把老家賣掉。

那可是他們一起和母親生活的家！

邵欣欣第一次提出來的時候，他們爆發了一場爭吵。

邵英傑認爲妹妹冷血，承載他們那麼多回憶的家說想賣就想賣，渾然不顧舊情。

邵欣欣則認爲邵英傑死心眼、不懂變通。既然他們兄妹倆沒有要回鹿港、都打算留在北部發展，與其把老家空置、放著生灰塵，還要抽時間費心力維護，不如趁房價尚好的時機賣掉，各自能分一筆不少的錢。

他們誰也無法說服對方，至今只要提及此事，爭執仍是免不了的。

葉素馨說是回到房間，其實還時刻留意外頭的動靜，待兩人說話聲轉小，她推測兄妹倆可能吵完了。

通常這時候邵欣欣會回去自己房間，閉門不出。

但等了好一會，葉素馨都沒聽見關門聲，最終抵抗不了好奇心，推門走了出去。

剛踏進客廳，就聽見邵欣欣像是惱怒地對著邵英傑說道：

「是我的編輯啦！下一期的漫畫，她想要我畫籃仔姑的主題，我要回去取材！」

「籃仔姑？那是什麼？」葉素馨忍不住出聲插入兩人的對談。

邵欣欣抿著嘴，一副不想多說的模樣。

邵英傑一個警告的眼神遞去，她思及自己後天還要搭對方的車，這才心不甘、情不願地解釋。

「觀籃仔姑……是鹿港的民俗活動，以前中秋節小孩子會聚在一起玩，現在大概很少見了，要沒有結婚的女生才能玩。需要準備一個籃子，裡面放些供品，然後去豬圈拜拜。」

「爲什麼要去豬圈拜拜？」

「因爲籃仔姑就是在豬圈死掉的。」邵欣欣被葉素馨打斷話有些不高興，「這個妳自己上網搜尋。反正就是拜完把香插在籃子裡，兩個女生坐在旁邊，用黑布蒙眼，手扶著籃子，旁邊的人開始唱歌，就可以請籃仔姑上身，問她事情了。」

「你們鹿港還有這種習俗喔？」葉素馨睜大眼，看看邵英傑又看看邵欣欣，像是感到不可思議，「好神奇喔，那還有其他的嗎？」

「送肉粽、觀掃帚神……」邵欣欣像是很勉強地迸出句子。

「送肉粽我知道！就是有人上吊的話，要把那條繩子送到河邊或海邊燒掉，祛除上面的煞氣。那觀掃帚神是什麼？」葉素馨好奇地問。

觀掃帚神……乍一聽見這個詞彙，邵英傑不禁恍惚了下，他有多久沒聽過這幾個字了。

「那是給男生玩的。」邵英傑不自覺脫口而出，「一人坐下，閉上眼睛，額頭抵著竹掃帚，然後旁邊的人唸請神咒。」

說著說著，邵英傑的腦海裡突地閃現幾幅畫面。

閉著雙眼、額抵著竹掃帚，邊胡亂掃地邊跟隨香把前進的方知華。

一動也不動地站在舊港溪，站在那條臭水溝裡，依舊彎著身、額頭抵著竹掃帚的方知華。

……二十年前，他們曾與方知華一起玩過觀掃帚神。

邵英傑猛然打了個哆嗦，強行中止回憶。

「唔嗯，觀籃仔姑跟觀掃帚神聽起來都有點像玩碟仙……我想到了！」葉素馨沒察覺邵英傑的異狀，霍然興奮地大叫一聲，抓住他的手臂，迫不及待地與他分享自己的主意，「欸欸，英傑，籃仔姑怎樣？我們下次直播玩觀籃仔姑！」

「什……」邵英傑愣住。

葉素馨越想越覺得這是個好主意，「我們可以來個突發直播，直播玩觀籃仔姑給大家看！對了，你不是後天要去鹿港？就在鹿港開直播好不好？」

「妳是認眞的嗎？」邵英傑錯愕地看著女友。

「你不覺得我的提議很棒嗎？」

「這太突然……妳自己也說籃仔姑類似碟仙了，沒先做好功課……」

「我們第一次就先在你老家玩啊，又不是在什麼廢墟玩。好不好？好不好？反正鹿港我是跟定了，不准說不。而且還能順便去鹿港玩，鹿港老街、天后宮、龍山寺、阿振肉包、龍山魷魚羹、玉珍齋、楊州芋丸……我有好多想吃的！」葉素馨興奮地排著行程。

邵英傑頭痛極了。如果可以，他不希望葉素馨一起去，最好邵欣欣也別跟著他一同回去。

但交往這幾年，他也清楚葉素馨的性子其實極爲固執，決定好的事不會輕易改變，就算不帶她，她也會跟到他老家去的。

到時候，難道他還能不讓女朋友進門嗎？

還有邵欣欣，他更不可能攔著妹妹回老家。

這時葉素馨已經把注意力轉到邵欣欣身上了。

「觀籃仔姑不是說要沒結婚的女生才能玩嗎？正好欣欣妳也要回去，我們兩個可以一起試啦。」

「我不要。」邵欣欣緊皺眉頭，全身寫滿抗拒，「我不要玩觀籃仔姑，更不要加入你們的直播。」

她拋下話，轉身就往房間走。

房間。

「妳不是說要取材嗎？親身體驗一下不是更有fu？」葉素馨追在她後頭一起進了房間。

邵英傑還能聽到她的聲音從房裡傳出來。

「玩過後，畫起漫畫就更有想法了。如果真的不想露臉，到時也能戴著口罩。」

「我……」

關起來的房門阻隔了邵欣欣的回答，邵英傑無比希望妹妹不要被女友說服，在老家玩起什麼觀籃仔姑。

第三章

在葉素馨的胡攪蠻纏下，鹿港之行最終還是變成三人同行。時間飛快過去，轉眼來到出發前往鹿港的日子。

正好碰上週六，怕南下會塞車，邵英傑一大早便開車出發。但可能大多數人都這麼想，三人依舊塞在路上了。

一路走走停停，邵英傑這個駕駛都有些不耐煩了，恨不得車子能長出翅膀，從高空飛過去。

坐在後座的葉素馨歪著腦袋，倚著車窗睡著了，手裡還習慣性地抓著手機，陽光映亮她的臉和半邊肩臂。

想到她醒來後可能會哀號說自己被曬黑了，邵英傑的嘴角不禁揚了揚。他視線瞥向旁邊，看向知道穿長袖防曬的邵欣欣，笑意收斂幾分。

原本該是身為女友的葉素馨坐在前座，但邵欣欣聲稱自己容易暈車，堅持非要坐前座不可。

邵英傑從出發前就對自己的妹妹頗有微詞。邵欣欣總是日夜顛倒，都跟她交代過今天得早起，結果還是費了一番工夫才把她從房間挖出來。

副駕駛座在邵英傑心裡就是女友的專屬位子，葉素馨坐在那還可以跟他聊天，幫助他提神，但邵欣欣卻是一上車就直接閉眼睡覺。

中途醒來後，她也沒有理會他，逕自拿出手機、戴上耳機，開始對著螢幕點按，估計又是在玩手遊。

雖然邵英傑聽不到遊戲的音樂，可是能聽見邵欣欣對其他玩家下達指令的聲音，她的話語清楚地迴盪在車廂裡。

「小日子躲好，敵人離你越來越近了。」

「愛染喵喵負責右邊，坦住、坦住。」

「天上天下隨時支援火力。」

玩起手遊的邵欣欣一反平時的陰沉，情緒激昂，說話就像連珠炮一般，劈里啪啦地炸在邵英傑耳邊。

這讓他雖然不至於開到打瞌睡，但也被吵得心浮氣躁，眉頭皺得死緊。他往副駕駛座瞄了一眼，只看到一片黑。邵欣欣用了防窺膜，從旁邊看根本什麼也看不到。

對於妹妹寧可與看不見的網友交流，也不願跟現實生活中的家人好好交談，邵英傑忍不住心生不滿。

懷抱著複雜的心情，邵英傑在中山高塞了近半個小時，終於瞧見鹿港出口的告示牌，接下來沿142縣道行駛，記憶中的古樸小鎮再一次進入他眼中。

「咦？欸？」葉素馨突然清醒過來，她揉揉眼睛，發現車窗外已經從高速公路變成了一般道路的景象，櫛比鱗次的店家林立路邊，「到鹿港了嗎？」

「對，再一會就到我們老家了。妳也眞能睡，這麼吵都睡得下去。」邵英傑意有所指地瞄了瞄邵欣欣。

邵欣欣也總算從她的手機裡抬起頭來，拔掉耳機，側頭望了眼窗外，又收回目光，臉上面無表情，彷彿這只是一座再陌生不過的城鎮，而不是她的童年家鄉。

要到邵英傑他們的老家，會先經過最知名的中山路。

那裡的建築物大多保留日治後期的風格，採用淺色的石磚或以洗石子爲主要建材，樓層之間的外牆排列出簡單的幾何圖案；二、三樓通常設有陽台，二樓會在中央設門，兩側開窗；三樓則是三扇矩形窗或是配上圓窗、拱形窗，門楣上鑲嵌著店號。

適逢假日，中山路上人車較多，邵英傑他們的車子在這裡小塞了下，花了快十分鐘的時間，才順利轉進老家所在的巷弄。

一彎進巷子裡，彷彿與外面的熱鬧是兩個世界，人聲車聲都被隔絕在大街上。

終於，邵英傑的老家到了。

老家前有空位可以停車，車一停好，葉素馨馬上下車伸展坐得僵硬的身軀。兩個多小時的車程因爲高速公路塞車，抵達這裡都過三小時了。

「啊啊，感覺屁股都坐麻了……」葉素馨扭動一下腰桿，望著矗立面前的兩層透天。門前還栽種著幾棵緬梔，正逢花期，一朵朵白中帶黃的花朵盛綻於枝頭，能聞到淡淡清香。

葉素馨覺得鹿港的屋子都這樣，看起來有種古樸的味道，邵英傑的老家也給她同樣感覺。

他們的老家有前後門，灰色的洗石子外牆，窗戶外設有鐵花窗，上面有著卷草的圖案，只不過歷經了風雨侵蝕，如今已鏽跡斑斑。

邵英傑將車子熄火後便打開後車箱準備拿行李，卻發現邵欣欣還坐在車內不動。

「妳幹嘛？」邵英傑納悶地催促，「都到了還不下去？」

邵欣欣像是這時才回過神，安安靜靜地開門下車。

後車箱一打開，葉素馨主動搬下行李箱，不忘向邵英傑邀功，「看，知道你開車辛苦，行李箱我先拿了。」

「我該跟妳說謝謝嗎？」邵英傑捏了下葉素馨的臉頰，換來她氣惱的一眼。

不管鼓著臉頰像隻河豚的女友，邵英傑拿出鑰匙，打開老家的大門。

一個半月前才回來過，屋裡還維持著一定程度的整潔，只要打開窗通通風，讓室內換個氣即可。

自從母親過世，老家的擺設就沒再動過，一切還保留著多年前的模樣。

屋內是磨石子地板，笨重的大理石木雕椅圍著長几擺放，電視櫃裡擺著厚重、龐大的映像管電視。

站在一樓的客廳，邵英傑恍惚間感到時光倒流，彷彿重回到年少時光。

「阿傑、阿傑。」

葉素馨的喊聲瞬間把邵英傑從過往時光裡拉回來。

「什麼事？」邵英傑回過頭。

「你想好等等要吃什麼了嗎？」葉素馨摸著肚子，「我餓死了，想吃好吃的。」

「我晚點上網查。」邵英傑這麼說的時候都有點心虛。他雖是本地人，但鮮少回來，母親過世後更是久久才回來一次，對現今店家早已不甚了解。

他以前覺得好吃的店，不曉得現在還在不在呢。

「不過要說什麼最好吃……」邵英傑不自覺地陷入回想，語帶懷念地說，「還是我媽煮的水晶餃最好吃了。她工作忙，對我們也比較嚴，但有空就會親自做水晶餃給我們吃。她有獨門配方，炒餡料時的那股香氣……眞的是不得了。」

「哇，聽得我都要流口水了……」葉素馨被說得饞意更甚，摀著肚子，恨不得現在就能吃到香噴噴的水晶餃，「那你有學起來嗎？」

「當然是……沒有。」邵英傑好笑地看著葉素馨從期待到失望的變臉過程，「我只會弄基本的。複雜一點的，不要炸掉廚房妳就要阿彌陀佛了。」

「欣欣呢？欣欣有學到嗎？」葉素馨不死心地問起邵欣欣，「哥哥不會，妹妹會也行呀。」

「那是哥喜歡的，我又不喜歡。」邵欣欣硬邦邦地說著。

邵英傑瞥見邵欣欣還站在門口不動，神色陰鬱，好似這個家是什麼洪水猛獸。想到堅持要跟來的是她，現在擺出臭臉的也是她，又憶起這個妹妹急著想賣掉老家，在母親喪禮上也沒露出多少悲慟，一絲火氣頓時直衝上來。

「邵欣欣，妳到底想怎樣？」邵英傑冷下一張臉，他本就記掛著方知華的事，眼下硬要跟來的妹妹還這副讓人反感的態度，讓他語氣也變得暴躁，「吵著要來的是妳，現在擺出那張臉是幹嘛？」

邵欣欣的唇抿得直直的，眼神卻是不肯直視兄長，像是把他當成隱形人。

邵英傑更火大了，舊事一併從記憶中翻出，他咄咄逼人地指責起妹妹，「媽過世不久妳就想賣房子，媽在的時候也沒看妳怎麼回來孝順她。她一個人把我們養大，妳又不是不知道她有多辛苦，爲什麼從以前到現在就不懂得多體諒人？」

「對啦！我什麼都不知道，就你知道得最清楚！」邵欣欣像是被逼急了，眼眶紅了一圈。

「啊，別吵了、別吵了，難得回來一趟，別就這樣吵起來嘛。」見情況不對，葉素馨忙不迭上前做和事佬。

他們是一起來鹿港玩的，她可不希望氣氛被破壞，何況晚上直播還要靠邵欣欣幫忙，萬一人家一怒之下不肯做了怎麼辦？

「阿傑你別生氣，欣欣也不是有意的……欣欣妳也別跟妳哥計較，他最近都沒怎麼睡好，情緒才有點不穩……」葉素馨費盡口舌地勸阻兩人，就怕他們衝突升級，「我們東西放一放就趕緊去吃點東西吧，肚子空空的，人也容易暴躁。」

在女友的安撫下，邵英傑勉強壓制火氣，但臉色仍不太好看。

邵欣欣也是表情陰鬱，但總算不再和自己哥哥針鋒相對。

葉素馨這時也不在意兩人神色如何，只要不吵起來就行。見危機似乎解除，她鬆口氣，趕緊帶開話題。

「阿傑，行李要放哪裡？先放在客廳，還是你要拿上去？」

葉素馨狡猾地使用了「你」，她才不想把行李箱扛到二樓，從後車箱搬出來再拉到客廳就算是幫完忙了。

不待邵英傑回答，邵欣欣自顧自地拎著包包走進屋子。

「喂，欣欣！」邵英傑下意識叫了一聲，但叫了也不知道接下來要說什麼，他這時也有些後悔剛剛和妹妹大小聲。他煩悶地耙耙頭髮，接過了和女友共用的桃紅色行李箱，也往樓梯方向走。

葉素馨跟在邵英傑身後。就算曾來過幾次，她還是忍不住東瞧瞧、西瞧瞧，「你們這裡的老家具眞不少耶，像那個菜櫥，我只在我阿嬷家看過。」

「我媽念舊，所以就一直保留下來了。」邵英傑單手拎著行李，來到自己房間。旁邊緊鄰著邵欣欣的房間，後者房門半敞，可以看見她在整理行李。

邵英傑收回視線，轉開門把，推開自己的房門。

和記憶中一樣的擺設——床鋪緊貼著一座木製床頭櫃，書桌上還能見到年少時留下的刻痕。衣櫃是雙開門的款式，只是裡頭早就清空得差不多，天花板底下吊著一支灰綠色的吊扇。

爲了避免積灰塵，床上罩著防塵套，窗戶也關得緊緊。

葉素馨先打開屋內的吊扇，再一個箭步上前打開窗戶，迎來室外的涼風。

邵英傑都有點記不清自己多久沒在這裡過夜了，之前雖然會定期回來，但都是打掃完便連夜趕回台北，從來沒有休息一晚再走的念頭。

或許是因爲屋子沒有人在了，也或許是因爲……

邵英傑沒再想下去，他把行李箱擺在一邊，正準備動手揭下防塵套，外頭冷不防傳來叭的一聲，有誰按了車子喇叭。

邵英傑反射性探頭往窗外看，見到自己車旁停了一輛銀灰色的SUV休旅車。副駕駛座車窗降下，一張陌生又帶點熟悉的臉孔探出。

邵英傑愣了愣，緊接著將那張臉和記憶中的另一張對上，脫口喊道：「……鍾明亮？」

「哈哈，對！是我、是我啦！」鍾明亮熱情地揮著手，「阿傑，好久不見啊！車停這邊可以嗎？」

「可以，我馬上下去！」邵英傑喊了一聲，回頭就對葉素馨說，「我國中同學來了，我們先下去。」

「這麼剛好嗎？」葉素馨訝異地問，「他們怎麼知道？你跟他們說的？」

「對。」邵英傑沒多解釋，快步走出房間，經過邵欣欣房間時舉手敲敲門板，「我國中同學來了，妳以前也見過的，就鍾明亮他們幾個，妳也一起下來打聲招呼。」

不管邵欣欣有無回應，邵英傑與葉素馨快速下樓，來到前門。

休旅車內的人全都下車了，總共是三個男人和一個體型瘦弱、穿著長袖的少年。

邵英傑一眼飛快掃去。

至今仍保持聯繫的袁和田——他的氣色看起來不太好，顯然那些糾纏他的煩心事對他真的帶來相當大的影響。

剛打過照面的鍾明亮——戴著眼鏡，不再像國中時滿臉青春痘，但臉上留下了一些坑坑疤疤的痘疤。

另一個男人是誰，不言而喻。

梁又庭還留有一點國中時的輪廓，當初他是小團體中最高壯的人，現在看來也是如此。

只是現在的他繫上了皮帶也收不住微凸的啤酒肚，一雙眼白偏多的眼睛總像在不爽地瞪著人。

不過這凶狠的印象在面對邵英傑時消失殆盡。

「靠，好久不見啊！你這傢伙！」梁又庭露出笑容，握拳捶了邵英傑肩膀一下，「你自己說說，都幾年了？」

「真的是很久沒見了。」邵英傑也不自覺咧嘴一笑。

無論前幾天的那封信給他帶來多大的衝擊和焦慮，如今見到許久未見的老同學，濃濃的懷念之情立刻湧上。

邵英傑往梁又庭身後的少年望去，依稀看得出對方的眉眼與梁又庭有幾分相似，他心中乍感詫異，一個猜測跟著浮起。

「這我兒子，小天，梁宇天。喂，你還不趕快叫人？是啞巴嗎？」不待邵英傑詢問，梁又庭扭頭先朝少年不耐地喝道：「快叫叔叔跟阿姨。」

梁宇天像是有些怕生，抬眼飛快地看向邵英傑和葉素馨，聲若蚊蚋地照叫了。

「怎麼那麼小聲？」梁又庭不滿地瞪視自己兒子，「是沒吃飯嗎？叔叔跟阿姨是不會喊大聲一點嗎？」

「什麼阿姨？」鍾明亮大驚小怪地嚷了一聲，「這麼漂亮的女生，梁又庭你居然讓小天喊人家阿姨，當然是要叫姊姊才對嘛！阿傑，都還沒聽你介紹，這位美女是……」

「我是阿傑的女朋友。」葉素馨落落大方地自我介紹，「我叫葉素馨，喊我小馨就行了，小天可以叫我姊姊喔。你們一定就是阿傑的國中同學了吧。」

「是啊是啊，美女，這兩天要打擾你們了。」鍾明亮自來熟地與葉素馨說笑，「阿傑有跟妳說吧，難得老同學碰面，就乾脆在他家留宿了。」

邵英傑後知後覺地想起，自己好像……似乎、可能，忘了跟葉素馨提這件事，連忙無聲地用嘴形跟她道歉。

下。

葉素馨表面還是笑笑的，沒有讓男友在同學前失了面子，可暗地裡用力捏了他一

「欸?那個是?」鍾明亮忽然注意到什麼，雙眼興奮放光，探頭朝屋內看。

邵英傑回過頭，看見邵欣欣姍姍來遲地出現。

「是……欣欣嗎?」袁和田遲疑地問道。

他很久沒見過邵欣欣了，記憶還停留在國中時，那個總跟在邵英傑後面跑的小女孩。

小女孩雖不算外向，但仍保有一絲活潑，也會乖巧地喊他們哥哥。

然而此刻從邵英傑身後走出來的長髮女性，全身上下彷彿盤踞著一股揮之不去的陰沉氣息。

比起注意一個人的氣質，鍾明亮先關注到的反倒是邵欣欣清秀的面容。

瞄見邵英傑點頭表明女子的身分，鍾明亮馬上眉開眼笑地朝邵欣欣熱絡揮手，

「欣欣，還記得我嗎?我是鍾明亮哥哥。」

「嘔!你這德性，還好意思讓人喊哥哥。」梁又庭一臉嫌棄，隨後推了邵英傑一把，「還不帶我們進去，是要把我們晾在這吹風嗎?小天，去把我們的行李拿下來。」

梁宇天唯唯諾諾地應了聲好，轉身跑向休旅車。

梁又庭也不管兒子還在後頭拿行李，推著邵英傑逕自往屋內走。

一夥人在國中時來過邵英傑家多次，見裡頭竟然沒有太多變化，都忍不住感嘆幾聲。

即使在LINE上已大略提及彼此的近況，但幾人難得見面，還是決定先坐下來聊個幾句。

「不好意思，我也剛回來，沒什麼喝的可以招待你們，還是說我燒個水？」邵英傑說著就要起身。

「算了，別麻煩了。」梁又庭喊住他，「先說說你最近怎樣吧，聽說你當了那個什麼You……」

「是YouTuber啦！」鍾明亮搶先說出來，「人家現在做的是最夯的職業，你都不知道網紅賺多大，比我這個竹科工程師還猛了！」

「沒有、沒有，沒你說的那麼誇張啦。」邵英傑連忙搖著手，「竹科工程師還比較讓人羨慕呢，但誰教我沒這個腦袋。」

「唉，我也沒有。」葉素馨惆悵地附和，「所以只好跑去唸藝校了。」

「妳是唸藝校的啊？怎麼沒去當明星？妳身材那麼好，肯定受歡迎的。要是妳出道，我馬上當妳的粉絲。」鍾明亮的視線彷彿不經意地瞥過葉素馨胸前，「我是不是要趁未來的大明星沒紅之前，先握手要簽名？」

「哈哈，本來是想當明星沒錯，但太競爭了，根本比不過，最後跟阿傑一起成了不紅的直播主。」

「喂！」邵英傑對女友的吐槽好氣又好笑，「說得那麼委屈喔？」

「沒啦，跟你一起哪會委屈。」葉素馨揚起笑臉，摟著他的手臂，藉此閃躲鍾明亮又一次看向她胸部的眼神。

「可惡，別在我這單身狗面前秀恩愛啊，要被閃瞎了！」鍾明亮誇張地抬手擋住眼，彷彿邵英傑他們那方向眞的有熾亮無比的強光照來。他起身跑到邵欣欣身邊，嬉皮笑臉地在她旁邊坐下，「欣欣啊，妳這裡風水好，借我躲一下妳哥他們的閃光。對了，都忘記問妳，現在是單身嗎？還是有對象了？」

也不管對方閉口不語，鍾明亮又驚呼，「該不會跟梁又庭一樣結婚生小孩了？」

邵欣欣像是沒聽到鍾明亮的追問，往旁挪動位置，意圖拉開與對方的距離。

「欣欣現在還單身。」邵英傑幫妹妹說話，「她比較內向，你別鬧她。」

「我這不是想跟欣欣拉近關係嗎？」鍾明亮不以爲意地說，繼續不死心地向邵欣欣搭話。

邵英傑的注意力很快又被葉素馨的問話拉過去。

「梁大哥，小天現在唸高中了嗎？」葉素馨來回看著這對父子，梁又庭和邵英傑同年，沒想到兒子已經那麼大了。

「他現在唸高二了。」梁又庭隨口說道。

這個答案一出來，讓葉素馨和邵英傑不免感到驚訝。

高二是十七歲，梁又庭現在三十五歲，換算一下，等於他十八歲就結婚生子了。

以現代人的眼光來看，稱得上相當早婚。

「你那麼早就結婚有孩子了？」從梁又庭的性格來看，邵英傑還以爲他肯定是晚婚類型。

「沒戴套，不小心就有了。本來想拿掉的，誰想得到被我爸媽跟她爸媽那邊知道了。」梁又庭渾然不在意兒子就在旁邊，不在乎地說著，「她那時未成年，她爸放話我不娶的話就要告我。嘖，以爲俺北是被威脅大的嗎？不過我爸說會負責我們所有開銷，我媽也會負責帶小孩，那結就結囉。」

「家裡有錢眞是太讓人羨慕了，都不用工作，躺平就行。我在公司被操得像條狗，忙到三更半夜都是常有的事，放假還必須on call……哪像我們梁哥，一天到晚可以到處晃，三不五時出國玩，小孩還有爸媽負責顧。」鍾明亮酸溜溜地說著，語氣裡是誰都聽得出的嫉妒之意。

「馬的，最好誰一天到晚到處晃，還三不五時出國咧！」梁又庭大力拍下扶手，「老子煩工廠的事都要煩死了。」

「工廠怎麼了？」鍾明亮關切地問，但壓抑不了眼裡滿滿的八卦之光。

「掉訂單啦幹！」梁又庭不爽地說，「都沒什麼賺了，員工還在吵加薪，加個屁！沒要他們滾蛋就不錯了。每天都在燒錢，煩死了！」

「欸……居然，沒想到梁哥也有為錢煩惱的一天。」鍾明亮難掩吃驚。

「你是有意見膩？有就再大聲一點啊！」梁又庭眼角吊高，看起來就像凶狠的鬣狗。

「那嫂子呢？嫂子今天怎麼沒一起過來？」邵英傑可不想這兩人在他家吵起來，立刻問起梁又庭的老婆。

「離婚了。」梁又庭果然被轉移注意力。

「梁哥結婚沒幾年就離婚了。」袁和田小聲地補充。

「聽說你加入離婚行列了？」梁又庭拍上袁和田的背，沒有收斂的手勁拍得對方本就不挺的背更彎了下去，「離得好啊，女人就是囉嗦又麻煩，還不如單身自由，怎麼玩都行。」

袁和田只是擠出蒼白的笑。

聽著梁又庭大放厥詞，葉素馨心裡不禁嘀咕，梁又庭這種蠻橫又明顯看低女性的個性，邵英傑是怎麼跟他當朋友的？還有那個鍾明亮……

葉素馨馬上往邵欣欣的方向望一眼，發覺到後者的神情不耐煩到極致，似乎極厭煩梁又庭自以爲是的口氣和鍾明亮的糾纏，隨時都可能爆發。

「英傑！」葉素馨急急高喊一聲，一骨碌站了起來，「既然大家今晚要住下，還是趕緊帶大家去房間放東西吧。」

「對喔，差點忘了這事……」經女友提醒，邵英傑帶著眾人先往一樓房間，「梁又庭你跟小天就住這間怎樣？這間的床最大。」

梁又庭一看到一樓房間竟然是木板床，只鋪著一層薄薄的墊子在上面，一張臉瞬間垮下，「要我睡這種硬到不行的床？邵英傑，你是故意的嗎？這是給人睡的嗎？憑什麼要我睡這間？換一個，我要二樓的，這個叫袁和田跟鍾明亮睡！」

「我、我都可以。」袁和田毫無意見。

鍾明亮則是大力搖頭，「不行不行，我都睡軟床的，這種的我沒辦法睡，樓上沒房間了嗎？」

「樓上有三間。」邵英傑說，「一間我的，一間欣欣的，一間我媽以前睡的。」

「最大的那間給我。」梁又庭不容分說地決定。

「我只要是軟床都行，要是睡不下……我跟欣欣擠也行啊，哈哈開玩笑的啦。」
鍾明亮推推滑下鼻梁的眼鏡，「我當然是跟袁和田嘛。」
邵欣欣面無表情，如同一抹安靜的影子，不想加入這些人的對話之中。
邵英傑頭痛極了，他沒料到這幾人意見那麼多，其中又梁又庭意見最多。
短短相處中，葉素馨也能感受到梁又庭就是個麻煩人物。她瞪了男友一眼，像在指責他幹嘛要讓這些人來過夜。
邵英傑無法說明這幾個老同學過來的眞正緣由。
別無他法之下，他只得把自己的房間讓給袁和田與鍾明亮，自己和葉素馨則從樓上搬到一樓的房間。

第四章

葉素馨必須說感謝天、感謝地，她男友的國中同學沒有連他們吃飯觀光都跟著。

喔，不是，有一人跟上了。

鍾明亮跟了上來。

老實說，葉素馨也不太喜歡鍾明亮，這人嘴上愛調戲跟貶低女性，視線喜歡往不該瞧的地方亂飄，還一直強調自己是竹科工程師。

他總覺得自己薪水高，人也不錯，條件怎麼看都勝過許多人，結果周遭女性對他似乎完全不感興趣。他也註冊了不少交友網站，之前還跟人談了半年網戀，結果在現實中第一次見面就被分手。

一提起這件事，鍾明亮怒從中來。

「說什麼我本人跟傳給她的照片差太多，照片看起來是身高一百八和體重六十幾……我那只是稍微修點圖！而且我念書時真的就是那體重，現在也只是稍微增加一點點。身高我也沒騙她啊，我拍照有穿厚一點的鞋子，只是跟她見面時忘記換那雙而已。媽的，根本就是外貌協會，只看臉！我可是竹科工程師耶，四十歲前一定能升上經理的！」

鍾明亮牢騷不斷，葉素馨仗著自己和邵英傑走在前面，白眼都快翻到頭頂上了。

邵英傑則是有一搭沒一搭地回應著，心思不知飄哪去。

「對了，英傑。欣欣既然單身，沒有交個男朋友的打算嗎？」鍾明亮停下抱怨，話鋒忽地一轉。

「嗯？啊？」邵英傑慢一拍才反應過來，「她在想什麼我怎麼知道？你不會自己問欣欣。」

鍾明亮果然把目標轉向沿路沉默得像條孤寂影子的邵欣欣，「欣欣妳也三十歲了吧，女生年紀越大就越沒人要，還是趕緊找個對象吧，不過我相信妳一定不是那麼膚淺看臉的人。聽妳哥說妳在畫漫畫？我也喜歡看漫畫呢，像《航海王》啊、《獵人》啊、《火影忍者》啊，這些我都有在追。」

邵欣欣低著頭滑手機，當鍾明亮這個人不存在。

鍾明亮也不氣餒，就算只有自己一個人，他也有辦法撐起對話。

聽著身後鍾明亮拚命與邵欣欣尬聊，雖然有點同情她，但葉素馨很快就被前面大大的阿道蚵仔煎招牌吸引目光。

「欸欸，阿傑，我們吃那個！吃那個！」葉素馨剛在車上先上網搜尋，記得這間有不少人推。

邵英傑沒意見，一群人就在這裡解決了午餐。

吃飽喝足，正巧天后宮就在旁邊，葉素馨當然是拉著男友前往這間聞名遐邇的著名廟宇兼古蹟拜拜。

假日遊客眾多，天后宮裡塞滿前來拜拜的香客，葉素馨看了一眼黑壓壓的人群，心裡不免打起退堂鼓。

最後他們乾脆只雙手合十對著媽祖拜了拜，欣賞一下三川殿精美細緻的雕刻，就轉去鹿港老街。

老街街面不寬，大約三到四公尺，地面鋪著紅色面磚。一行人踩在紅磚道上，穿梭在彎彎曲曲的巷弄內，看著周圍的舊式店屋，好似走進了時空隧道。

兩側傳統街屋錯落有致，有的以木板爲主，葉素馨問了下，才知那是福州杉板。不少屋子的基部是洗石子，上半部用灰泥粉刷；窗戶是木格花窗，當然也有一些是用紅磚砌成的牆面。

葉素馨拍了些照片，也沒忘記叫邵英傑替她錄影，又去商店裡買一些小東西當紀念品。

邵英傑雖說都陪著她行動，可和葉素馨的愉快心情相比，看起來似乎心不在焉，不時低頭看向手機，不知回訊給誰。

「你是在跟誰聊天？女朋友就在你旁邊，竟然還敢把心思放在其他地方？」葉素馨佯裝不滿。

「沒有啦，就是回梁又庭他們訊息……」邵英傑反射性把手機塞進口袋，「逛完老街妳還想去哪裡？」

「我想想喔……」葉素馨一聽到梁又庭的名字就失了追問的興趣，她拿起手機，查了一下鹿港的景點介紹，立即又興致勃勃地列出幾個點。

邵英傑他們又看了半邊井、隘門、石敢當、九曲巷、十宜樓，沿途吃吃喝喝。葉素馨吃到都摸著肚子喊胖了一圈，就連少開口的邵欣欣也吃了不少。

鍾明亮還鍥而不捨地跟邵欣欣搭話。

邵欣欣起初沒什麼表情，後來直接臭著臉，懶得跟對方說話的態度一覽無遺。

而鍾明亮就像讀不懂氣氛，一張嘴始終不肯停下。

邵英傑也終於察覺這位老同學是動了想追妹妹的心思，他覺得這也不是什麼壞事，反正就先當朋友聊一聊。倒是邵欣欣這種拒人於千里之外的態度不太禮貌，好歹也回應一下。

邵英傑想唸自家妹妹幾句，但思及他倆稍早前在老家才有過爭執，還是把來到嘴邊的話吞了回去。

大致逛完老街周遭的景點，邵英傑提議接下來換個地點，到近期正夯的鹿港溪親水廊道看看。

這裡有不少家長帶著小孩來親近大自然，也有人悠閒地遛著狗，歡聲笑語點綴在鹿港溪河岸邊。

葉素馨還是第一次過來，感興趣地盯著各種裝飾和公共藝術，很自然地將手指握進邵英傑的指縫間，想拉著他一道去逛逛。

但邵英傑卻沒有動，她納悶地抬頭看他，發現自己男友神情有些疲憊。想起對方一路開車載她們過來，都沒好好休息就被拉出來覓食，又陪著她逛了一路……

葉素馨有些心虛了，她捏捏邵英傑的手，對方這時才回過神來。

「怎麼了？」邵英傑問道。

「沒事沒事，就是跟你說我想去拍個照，待會再回來找你。」葉素馨堆起甜笑。

「我跟妳一起吧，我可以幫妳拍一堆照，只要別嫌棄我是直男視角就好。」邵英傑顯然也發現自己走神，趕緊打起精神跟女友開開玩笑。

「不用啦，我自己逛就好。你在這裡好好休息，不要亂跑嘿。」葉素馨踮起腳尖輕掐他臉頰一把，「也不許亂盯女生。」

「有妳這麼漂亮的女朋友了，我還要盯誰去。」邵英傑捉住她的手指親了一下，完全忽略鍾明亮假裝嘔吐的聲音。

「知道就好。」葉素馨哼了一聲，但眼神滿是笑意，對著邵英傑揮揮手，轉身去另一邊拍照了。

看著葉素馨的背影很快淹沒在人群裡，邵英傑又看向妹妹。

「欣欣，妳也去走走逛逛吧，一天到晚關在房間裡像什麼樣，容易關出毛病的。把妳的手機收起來，別再玩手機了，聽到了沒有。」

「你有夠囉嗦……」邵欣欣悶聲說了一句，但還是收起手機，隨便找個方向走過去。反正等邵英傑看不到了，她要怎麼玩手機就是她的事。

「鍾明亮你等等！」邵英傑喊住想尾隨邵欣欣而去的鍾明亮，他就是私下想跟對方說些話，才把自己妹妹支開。

「幹嘛？有事非得現在講嗎？」鍾明亮不情願地停下腳步，目光還追隨著邵欣欣的背影。

「你知道這是哪裡吧。」邵英傑也不廢話，直截了當地問。

「啊？」鍾明亮被問得莫名其妙，「不就是什麼親水步道……你自己說的你都忘了？」

「這裡是舊港溪。」邵英傑直接拋出答案，一如預料地見到鍾明亮的臉色肉眼可見地僵住了。

先前對方滿腹心思都放在邵欣欣身上，難得有單身女性在身邊，他實在不想錯過這個大好機會，所以根本沒分神注意邵英傑往哪開。

誰想得到，這裡居然就是那條臭水溝整頓而成的！

「你發什麼神經！」鍾明亮壓低聲音，和邵英傑往人少的地方走，「來這裡要幹嘛？你明明知道……」

——方知華二十年前就是溺死在這條溪裡的。

邵英傑猜得出鍾明亮沒說出的話是什麼，這裡本來就是他特意繞過來的。

「那封信的寄件地址就是這裡，我當時就想著過來看看。」

「有什麼好看的？」鍾明亮不想讓自己的視線落至水面上，這只會讓他想起方知華曾浸泡在這裡，不由得起了一身雞皮疙瘩，「你不會到現在還相信那封信……是方知華寄來的吧？拜託，都說多少次了，死人是不會寄信的，一定有誰暗中搞鬼。」

他們在群組裡不只一次討論過這點。

袁和田堅信是方知華回來找他們了，梁又庭和鍾明亮根本不相信，而邵英傑則是半信半疑。

假如信是某人刻意寄給他們四個，對方又是如何知道那一晚他們曾與方知華待在一起？

還是說，就只是亂槍打鳥，想著他們當年和方知華交情好……

但這樣的話，又何必二十年後才寄出這封信？

邵英傑的思緒再次陷入了死胡同，怎樣也想不透其中關聯。

鍾明亮大步遠離溪邊，他不像邵英傑糾結那麼多，只單純不想多看方知華淹死的溪流一眼。

「你還在那想東想西喔？」鍾明亮認為邵英傑自尋煩惱，「別管它就行了。」

「要是真的能別管，你也不會回來鹿港了。」邵英傑苦笑著說。

「我那是想看誰在搞鬼……」之前跟著邵英傑他們跑了不少地方，耗掉鍾明亮不少體力，現在走沒多久，他就氣喘吁吁，看見有糕餅形狀的石椅馬上坐上去，「明天就三號了，我就等著看會是誰出現。」

「信裡只說去找他……」邵英傑站在一邊思索，「沒講是哪裡，但我猜……」

「就是舊港溪這邊吧，但誰還記得方知華當年是淹死在哪一塊區域？」鍾明亮嘖了一聲，「拜託，都這麼久了，這裡又被整頓過……我還寧願信裡乾脆直白一點為我們標明位置……你會再來吧？」

「啊，都回來這裡了……」邵英傑眺望向遠方，「大家不是都同樣的想法嗎？」

「是啊。」鍾明亮用手掌搧搧風，乾巴巴地說，「誰不是呢？」

大家都一樣。

都想知道六月三號那一天，到底會發生什麼事？

「嗯？」邵英傑的視線倏地聚焦在前方的三道人影，「那是不是梁又庭他們？」

「好像是……」鍾明亮也扭過頭，瞇著眼睛看過去，「啊，對，就是梁又庭他們，他們也來這裡啦。」

「大概跟我們想法一樣吧。」

想看看二十年前方知華死去的地方。

「是你，別把我算進去，我是糊裡糊塗被你帶來這的。」鍾明亮反駁。他朝梁又庭他們揮揮手，對方顯然沒注意到。

邵英傑看見梁又庭走在最前面，袁和田改不了當初的習慣，依舊像個跟班跟在他屁股後。而梁宇天雖然走在梁又庭身側，整個人卻好像很緊繃，只要他父親轉頭對他說話，就像隻驚弓之鳥，臉上閃過惶惶之色。

這個距離沒辦法聽見梁又庭對自己兒子說了什麼，可下一刻就看到梁又庭表情不悅，抬手大力搧上梁宇天的後腦，把人打得往前踉蹌幾步。

梁宇天垂著腦袋，縮著肩膀，嘴巴緊閉，連吭都不敢吭一聲。

「梁又庭對小天會不會……太粗暴了？」邵英傑不免回想起他們剛開車過來時，梁又庭像把兒子當傭人使喚的畫面，還時常斥罵，態度一點也不像個父親該有的。

「啊啊……」同樣也目睹這幕的鍾明亮倒是不怎麼驚訝，「我媽說的果然是眞的啊。」

「什麼東西是眞的？」

「你過來一點。」

見鍾明亮一副要講悄悄話的姿態，邵英傑配合地挪了幾步，彎下腰。

「梁又庭他啊……會打小孩出氣。我媽說她不只一次看過梁又庭揍那孩子，或是拿水管、藤條抽他。但人家管教自己小孩，旁邊不相干的人也不好說什麼。」

「這根本家暴了吧！」邵英傑難以置信地低呼，「梁又庭他爸媽都不管的嗎？他不是還跟他爸媽住一塊？」

「你沒看梁又庭那體格……」鍾明亮撇撇嘴，「他爸媽都幾歲了，一把老骨頭敢跟他拚嗎？聽說他們也是敢怒不敢言，逢人就哀嘆自己兒子怎會變成這樣。要我說，都是以前沒教好，過度溺愛才變這樣。換我生在那種有錢家庭喔，鐵定會不一樣。」

鍾明亮最後一句挾帶著滿溢而出的酸意，但前段說的確實不無道理。從國中認識梁又庭開始，邵英傑就知道他父母經營工廠，忙於工作。他們沒空陪孩子，就從其他方面彌補。不管梁又庭在學校惹了什麼事，都會幫他擦屁股，一再縱容他惹是生非，最終縱得他越發蠻橫粗暴。

邵英傑知道別人家的事他不好多說，但這幾天梁又庭父子要住在他家，他得儘可能地勸勸梁又庭好好對待自己的孩子。

另一邊的梁又庭等人終於瞧見邵英傑二人，本來要拐向他處的腳步轉了回來。

「你們也在這啊。」梁又庭雙手插在口袋，「怎沒看到你女朋友跟妹妹？」

「她們去別地方晃了。」邵英傑忍不住多看梁宇天一眼，後者低著頭，不發一語，偶爾瞄下手裡的手機，臉上又恢復木然，看起來像對梁又庭粗暴的對待習以爲常。

邵英傑想了想，打算私下勸梁又庭幾句，現在當著梁宇天的面提出來，就怕梁又庭面子過不去，惱羞成怒又拿兒子出氣。

「英傑，你們有看到什麼嗎？」袁和田問得隱晦，但大家都知道他指的是方知華的事。

「能看到什麼？這地方又沒什麼好看的。」鍾明亮沒好氣地說，「要我說，還是早點回去休息吧。今天跑了一整天，累都累死了，跟欣欣還沒說上什麼話。英傑，不是我要講，你妹也太ㄍㄧㄥ了吧。」

「她長大後就變得比較怕生、內向，你要是想跟她聊天，就得循序漸進地來。」

邵英傑爲自己妹妹說話，「你們要回去了嗎？要的話我就打電話給……」

邵英傑還沒把手機掏出來，就發現邵欣欣低頭滑著手機的身影，他立刻站起，朝著那邊高聲喊。

「欣欣！喂，欣欣！」

邵欣欣像是聽到有人喊自己，抬頭張望，接著目光鎖定了邵英傑，慢吞吞地走過來，問了一聲。

「要走了嗎？天變陰了。」

聽邵欣欣這麼說，幾個人才發現天空東側的雲層不知不覺堆得厚厚，灰暗的色彩吞噬了原先的潔白，且仍在逐漸變深。

「等一下，我把小馨叫回來。」邵英傑擔心不久後會下雨，打給了自家女友，簡單交代他們目前所在位置。

沒有等太久，葉素馨便出現在眾人視野內。

「你們看我買到什麼了！」葉素馨遠遠跑來，拉高的嗓音彰顯出她的好心情，她炫耀似地舉起手裡拿的東西，「路邊有攤販在賣這個！」

葉素馨往邵英傑幾人跑近，微喘著氣，臉上帶著大大的笑容，把手裡的東西展示在他們眼前。

那是一個小竹籃和一支傳統竹掃帚。

邵英傑全然沒仔細聽葉素馨在說什麼，他和另外三人的目光不由自主地緊緊黏在她左手上的那支竹掃帚。

多年前的記憶重新在腦海中翻湧。

四人不約而同地都想到了那一晚——他們與方知華玩了觀掃帚神。

「怎……怎麼了嗎？」葉素馨慢一拍地發覺幾個男人臉色不太對勁。

「妳買這幹嘛？」邵英傑繃著聲音，「這東西又用不上，買了只是佔位置。」

「晚上不是說要玩觀籃仔姑，剛好又看到竹掃帚。」葉素馨只當邵英傑單純在發牢騷，笑嘻嘻地說，「而且你的同學也在，正好可以順便玩一下觀掃帚神嘛。」

「不不不！」袁和田的臉色剎那間褪成蒼白，「我不玩！」

「欸？」袁和田的過激反應讓葉素馨愣了愣，隨後小心翼翼地問，「難道說，你們不敢玩這類的遊戲嗎？那還是不要勉強好了，晚上就我跟……」

「那是袁和田沒種，這種東西誰不敢玩啊？」梁又庭不屑地嗤笑一聲，「又不是沒玩過。你們幾個，要是不玩就別說自己是男人，別讓我看你們袂起。」

「啊？一定要玩喔？」比起袁和田的抗拒，鍾明亮只是嫌麻煩，他實在不想當觀掃帚神的那個，「那我想要拿香。」

「你作夢。」梁又庭斜睨一眼，「你跟袁和田、邵英傑猜拳，看到時誰負責當觀掃帚神的那個。」

「梁哥，我不想……」袁和田虛弱的拒絕被梁又庭無視。

在梁又庭看來，事情一向是他說了算，這次自然不例外。

回家半途，真的下起雨來了。

本就灰濛的天空如今黑沉得像要掉落。雨來得又急又快，雨勢還不小，密集的雨珠砸墜在擋風玻璃上，車窗外的景象也被水氣染成一片朦朧。

聽著嘩啦嘩啦的雨聲，邵英傑咂了下舌，「鍾明亮，你傳個訊息到群組，問晚餐看是要各自解決，還是我買一買回去一起分？」

「喔，好喔。」鍾明亮發訊出去，片刻後收到回應，「他們想要回去吃。」

「那就……買披薩回去好了，小馨，妳幫我查一下附近有沒有披薩店。」

葉素馨上網搜尋，還真的找到一間連鎖披薩店。她先打電話過去預訂，開車過去取便不用等上太久。

考量到他們一群人中有四個大男人，還有一名發育中的少年，邵英傑最後拎了三個大披薩和兩瓶可樂。

回去路上還被葉素馨支使去超商買酒助興，再去一間童裝店買小女生的衣服，說是晚上玩觀籃仔姑要用。

回到家，便看到梁又庭的銀灰色休旅車停在外頭，等邵英傑撐著傘、打開門，車上的人趕緊全擠進屋裡。

「眞是……這什麼破天氣？」梁又庭看著外頭暗沉的天色和下不停的雨，眉頭皺得緊緊，又瞄見梁宇天手裡空空蕩蕩，登時罵罵咧咧，「東西是不會順便拿下來喔？還不快給我出去拿！」

「等等，別淋濕了！」見梁宇天眞的就要冒雨再跑出去，邵英傑趕緊把雨傘塞給他。

梁宇天再回來時，邵英傑他們才知道梁又庭口中說的是一大袋啤酒跟零食。

「你買那麼多酒喔？」鍾明亮湊過去看，忍不住大呼小叫。

「那麼多年沒見了，當然要喝個幾輪。」梁又庭理所當然地說，並叫梁宇天把酒拿去冰。

葉素馨幫邵英傑把披薩放在長几上，盒子一打開，誘人的香氣霸道地朝四面八方擴散，讓大夥明顯感受到了幾分饞意。

邵欣欣趁兄長還沒落坐，迅雷不及掩耳地擠到葉素馨身邊，悶不吭聲地先拿起一片海鮮披薩。

葉素馨瞄瞄大失所望的鍾明亮，立即了解邵欣欣爲何選擇與自己坐了。

「妳是要我坐哪啊……」邵英傑嘴上唸了一句。

「坐我腿上啊。」葉素馨笑嘻嘻地拍拍自己大腿，「這可是你專屬的王位喔。」

「然後這個王位就會被我坐壞了。」邵英傑笑回一句，隨便找個空位坐下，也朝香噴噴的披薩伸出手。

吃披薩時，他注意到梁宇天縮在角落像個小可憐，忍不住心生同情，主動與對方搭話。

「小天，你有在追哪個YouTuber嗎？」

「沒、沒有。」梁宇天搖搖頭。

「那你有玩手遊嗎？」邵英傑鍥而不捨地繼續找話題。

「嗯……有。」梁宇天小小聲地說。

「欣欣也有玩，你可以跟她交流一下，說不定你們會很有話聊。」邵英傑看了邵欣欣一眼，希望她能搭個腔。

沒想到率先開口的卻是鍾明亮。

「欣欣是玩哪個手遊，該不會是戀愛養成吧？妳們女生就是這麼不切實際，二次元的紙片人哪比得上三次元的眞男人啊。」他嘖嘖兩聲，沒注意到邵英傑臉都黑了。

原本是想讓兩個邊緣人有話聊，現在被鍾明亮打岔，不只邵欣欣眼神懶得給一個，葉素馨也暗中翻白眼。更別說梁宇天了，再次恢復成悶不吭聲的自閉狀態。

邵英傑暫時放棄重啓話題，專心吃披薩，最後在六個大人和一名少年的努力下，三個大披薩順利被消滅殆盡。

待桌面被清理得差不多，梁又庭迫不及待地把他買的那袋酒從冰箱拿出來，老同學一人先塞了一罐。

「來來來，先喝再說，不喝就是不給我面子。」

邵英傑看了一眼罐上的酒精趴數，幸好梁又庭沒發瘋，沒有一上來就是高濃度。

葉素馨和邵欣欣挑了趴數低的氣泡酒，拉開拉環，一邊喝，一邊看著幾個男人聊著往事聊得熱火朝天。

氣氛越來越熱烈，桌上的空酒罐也逐漸增加。

除了未成年的梁宇天沒喝，所有人手上都有酒。

誰喝乾了，很快就會有新一罐遞過去，還貼心地幫忙拉開拉環。

葉素馨興致勃勃地聽著幾人爆料男友年少時的糗事，笑得花枝亂顫。

邵欣欣和梁宇天則是唯二安靜的人，一個默默喝酒，順便回覆編輯傳來的訊息；一個默默喝著可樂，盡量把自己的存在感壓到最低。

不知不覺，大家的臉上都染上酒後的一層紅。

酒酣耳熱之際，葉素馨開心宣布，「噹噹，等一下就來開直播！你們男生先玩觀掃帚神，我們女生之後再玩觀籃仔姑。」

梁又庭和鍾明亮跟著鼓掌歡呼，炒熱一波氣氛。

袁和田面有難色，明顯不太想玩，可梁又庭一記凶狠眼神掃來，所有反對反射性全吞了下去。

「你們介意露臉嗎？」邵英傑晃著啤酒罐，覺得酒意有點上來，臉皮隱隱發燙，「要是介意……」

「不介意，我完全不介意。」鍾明亮興奮得直揮手，深怕葉素馨忽略了他的意見，「說不定我能紅一把呢。」

「笑死，你這德性要是會紅，我頭剁下來給你坐。」梁又庭鄙夷地說，「要播就播，大男人遮遮掩掩像什麼樣？」

「不要拍到我。」邵欣欣蹙起眉，沒打算要在觀掃帚神的遊戲中出場，晚點她和葉素馨玩觀籃仔姑的時候也會戴上口罩。

「放心。」葉素馨比出ＯＫ的手勢，再指向客廳的另一處角落，「妳跟小天等等到那邊去，就不會進入畫面了。」

邵英傑放下啤酒罐，到房裡拿了直播用的其他道具，開始與葉素馨一起布置。就算是不太情願的袁和田，也跟其他人一樣好奇地盯著兩人看。

到這時他們才有種眞實感，自己的老同學眞的是直播主，而他們等等就要一起進行直播，一股興奮之情油然而生。

邵英傑交代了幾人一些直播時的注意事項，其中包括不要喊葉素馨的本名，她的藝名是方謝謝，而他則是繼續用阿傑就好。

待一切準備就緒，葉素馨開始他們的直播。

邵英傑照慣例負責掌控鏡頭，手機裡是葉素馨燦爛的笑容。

「大家晚安啊！這裡是404祕密搜查隊！沒錯，你們的方謝謝和阿傑非常突然地……開直播啦！驚不驚喜？意不意外？趕緊去揪朋友一起過來看啊。我們待會要玩一個很特別、很特別的遊戲，包准很少人聽過，提示是鹿港。」

聊天室陸陸續續聚集觀眾，大家都驚喜交加，沒想到這個時間點可以看到404祕密搜查隊的直播。

聽見葉素馨的提示是鹿港，不少人馬上打上「送肉粽」。

邵英傑把他們的猜測說給葉素馨聽。

「哎唷，不是送肉粽啦！」葉素馨笑得樂不可支，「這個很有名耶！阿傑跟朋友要玩的很少人知道，像我之前也完全沒聽過呢。」

粉絲在聊天室驚呼連連，平常都是葉素馨出現在鏡頭裡，邵英傑在外掌鏡，會出聲，但鮮少露面。

也有人納悶地問朋友是誰，葉素馨他們現在在哪，背景看起來一點也不像以往的戶外廢墟。

「這裡喔，這裡是我的老家。」邵英傑出聲，「被女友逼迫，等等只好無奈下海，玩給大家看了。」

他們的粉絲嘻嘻哈哈地笑成一團，就喜歡看這對情侶放閃兼互相吐槽。

「我來公布答案了。」葉素馨不再吊粉絲胃口，「第一個答案是，觀掃帚神。」

聊天室有人注意到她說的是第一個，很快提出詢問，問難道還有其他個嗎？

但更多人的重點放在葉素馨說的觀掃帚神上，大家真的沒聽過，不禁疑惑地在聊天室裡問來問去。

邵英傑看著逐漸增加的觀看人數，心頭不免一陣火熱。他清清喉嚨，告訴螢幕另一端的人，「觀掃帚神是我們鹿港早期會玩的一種遊戲，等等讓方謝謝為大家說明，我去旁邊準備一下。」

手機被固定住，鏡頭繼續對向葉素馨。

葉素馨早就把資料記得差不多了，馬上行雲流水地爲好奇萬分的觀眾解釋起什麼叫觀掃帚神。

原來所謂的「觀」，就是請的意思。

觀掃帚神，顧名思義就是請掃帚神上身。

這是鹿港以前屬於男孩子的遊戲，他們會在中秋節的晚上聚在一塊，選出一個人負責讓掃帚神上身。那人要坐在矮凳上，額頭抵著傳統的竹掃帚，雙眼閉上。

旁邊參與遊戲的人手持三炷香，一人爲代表，朝著月亮拜一拜，再把香插在竹掃帚上，接著大家開始搖晃著香，一起開口唸請神咒。

「請神咒據說有兩種，一種是簡單的，一種比較複雜。我們待會當然是……」葉素馨對著手機方向俏皮地眨了下眼，「唸簡單的哈哈！不過還是要讓你們知道複雜的是怎樣的內容，順便騙點時間。」

葉素馨台語其實說得不錯，不過爲了製造一點效果，她故意唸得不是很流利，唸了幾次，才終於順暢地唸完整段請神咒。

「掃帚神，圓轔轔，請汝下昏來凡塵，清茶、糕餅、粿盒金，汝著出來掃瘟神。掃瘟神，圓轔轔，五路天神來助陣，清香、芳味、滿世塵，汝著出來掃瘟神。」

葉素馨不知道聊天室的狀況，但她猜得出來，粉絲們應該被她不怎麼通順的台語逗樂了。她瞄一眼旁邊，邵英傑朝她比了一個ＯＫ的手勢。

「阿傑說他準備好了，那我們……就來看看阿傑跟他的好朋友！」葉素馨拿起手機，把鏡頭調轉方向。

透過螢幕，她能看見邵英傑和梁又庭、鍾明亮、袁和田站在一起，邵英傑手裡拿著她買的竹掃帚。

「來介紹一下，這幾位就是阿傑的好朋友。大家，跟我們的觀眾打聲招呼吧！」

袁和田有些僵硬，囁嚅著說了聲你好；梁又庭咧咧嘴，強勢地說自己可是邵英傑的老大，邵英傑從以前就聽他的；鍾明亮則是恨不得把自己的身家資料都抖出來，強調自己目前單身，想脫單，以結婚爲前提的歡迎來找他。

葉素馨看見聊天室裡有人嫌棄鍾明亮給人感覺太油膩，活像是有求偶焦慮症，她立刻把話題拉回待會的重頭戲上。

「大家看到那支掃帚了吧，那支掃帚還是我買的喔。既然是我買的，那麼……」葉素馨拉長話語，「就由我來決定誰要負責讓掃帚神上身吧。」

「幹！不是說要讓他們三個猜就好？」梁又庭沒料到葉素馨無預警改了計畫，不滿地質問，「干我什麼事，我只當負責引路的那個。」

葉素馨裝作沒聽見梁又庭的質疑，對聊天室的粉絲喊話，「你們最想讓誰當觀掃帚神的那個？我啊，當然最想讓英俊瀟灑又值得信賴的——我的男朋友負責囉！」

「等一下，我？」邵英傑大吃一驚地比向自己，「妳不能因爲我是妳男友就直接坑我啊！方謝謝，妳太沒有道義了吧！」

「嘻嘻，我們是男女朋友，又不是兄弟，幹嘛講道義？」葉素馨得意地哈哈一笑，「我們的粉絲也都喊著要阿傑喔。你看，這可不是只有我一個人這麼想而已。」

見不是自己要當被捉弄的那個，梁又庭幾人立時起哄，要邵英傑趕緊拿竹掃帚坐好，等他們唸請神咒。

看著大夥看熱鬧的神情，邵英傑認命地坐在他們找出來的小矮凳上，「算我衰，認識你們這票好朋友……還有方謝謝，妳晚點給我記住。我先說喔，只准在屋子裡，不准把我引到外面奇怪的地方。」

「不會啦，外面還下著雨呢。」葉素馨可不想讓自己男友眞的出去淋雨，「你要是感冒我也會心疼的。」

「眞的心疼我就別指名我啊。」邵英傑不客氣地對女友大翻白眼。

葉素馨和聊天室的粉絲笑得樂不可支。

握緊竹掃帚，邵英傑把額頭抵在掃帚柄端，閉上雙眼。他意圖掀眼偷看，但馬上被眼尖的葉素馨揪出來，義正辭嚴地告訴他不准作弊。

邵英傑只好聽話地閉緊雙眼，一片黑暗中，周圍聲音變得格外清晰。他聽到打火機的聲音，聽到葉素馨說外面下雨，打開窗對外面拜一拜就好。

窗戶一拉開，嘩啦啦的雨聲傳進屋內。

邵英傑心思飄遠，隔了那麼多年，沒想到有一天會再跟同樣的人玩起觀掃帚神。

不，也不是同樣。

他們的小團體早就從五人變成四人。

方知華已經不在了。

邵英傑告訴自己別再想了，先專心在觀掃帚神的遊戲上。

觀掃帚神和請碟仙、錢仙的遊戲類似，尤其旁人還會點香唸咒，加深了儀式感，更近似於心理暗示，或者說輕度催眠。

邵英傑相信世界上有著科學無法解釋的事，但那種事沒那麼容易碰到，否則他們的直播早就次次撞鬼了。

至於方知華當年會傻傻地被他們引到臭水溝裡……當年他們年紀小，才會堅信是掃帚神降臨。可現在想一想，方知華只怕是自己暗示了自己，最後才會把自個兒催眠去了。

邵英傑覺得自己很難中暗示，但既然要玩，沒弄出點噱頭，直播可能會變得有些無聊。畢竟這次地點在他老家，就是個普通的室內，不像先前是在氣氛滿點的廢墟。

邵英傑思索一下，想著等等就配合請神咒行動，做出被附身的樣子好了。

線香味瀰漫在屋子裡，邵英傑知道點完香他們就會對著窗外拜一拜，再來是唸請神咒。

簡單一點的那個請神咒是怎麼唸的？時間太久，邵英傑一時半會間眞想不起來，接著他就聽到幾個人開始唸了。

「掃帚神，圓輪輪，招你山頂挽樹藤。」

對，就是這個。但怎麼好像有點耳熟？像是最近在哪聽過……

邵英傑滿心疑惑之際，腦中竟不由自主地浮現後頭未完的句子。

樹藤變掃帚，掃帚眞有神。

他下意識就要跟著唸出來，待反應過來自己在做什麼，忍不住一個激靈，險些驚叫出聲。

他想起來了！這不就是他最近幻聽到的內容嗎？

邵英傑這陣子感覺自己的大腦有時會冒出聲音，他以爲是睡眠品質不佳造成。

可是，在他腦中出現的……竟然是觀掃帚神的請神咒嗎!?

旁人自是不知邵英傑的難以置信，還在持續唸咒。

「掃帚神，圓輪輪，招你山頂挽樹藤，樹藤變掃帚，掃帚眞有神。」

「掃帚神，圓輪輪，招你山頂挽樹藤，樹藤變掃帚，掃帚眞有神。」

隨著次數越多，另一段記憶冷不防從邵英傑腦海中躍出。

偏僻荒涼的無人停車場，稚嫩的孩童嗓音從幽暗處鑽進了耳中。

掃掃掃……掃帚……

圓輪輪……招你……樹藤……

邵英傑猛地回想起來，那時候……也是觀掃帚神的請神咒！

爲什麼？爲什麼請神咒會出現在他身邊？

到今天爲止，他明明、他明明二十年沒再接觸過觀掃帚神了啊！

這一刻，邵英傑心裡掀起驚濤駭浪，一片熱鬧氣氛中，硬生生冒出一身冷汗。

思及他們如今又玩起觀掃帚神，濃濃的不安湧上，一時讓他想中止儀式，哪怕現在正在直播。

可邵英傑卻駭然發現自己動不了。

不，也不是眞的動不了，而是他忽然無法掌控自己的身體。

在沒有停歇的請神咒中，邵英傑握著竹掃帚，身體不受控地開始晃動。

「來了來了！」鍾明亮興奮地嚷。

「天啊，大家看到沒有？阿傑他的身體晃得好厲害！」葉素馨連忙與粉絲分享。聊天室裡有人驚嘆，有人懷疑，但都迫不及待地等著接下來的發展。幾人的請神咒唸得更快、更大聲了。

邵英傑整個人被恐慌攫住，全身像浸泡在冰水裡，手指末梢好似失去感覺。他想要大聲叫喊，想要拿回身體的掌控權，但他什麼也做不到。

他宛如提線木偶，只能被看不見的絲線操縱著起身，以彆扭的姿勢彎腰扶著掃帚，一邊胡亂掃著地，一邊朝著某個方向前進。

邵英傑張不開眼睛，不知道自己究竟是往哪個方向走。

其他人卻看得一清二楚，本來看熱鬧的表情都化成了吃驚。

原來在邵英傑從矮凳離開後，梁又庭立即搶了另外兩人的香，想要引他跟著自己前進，最好讓他出個糗。

可明明他是往屋內走廊移動，邵英傑卻朝著截然不同的方向走。

「喂，阿傑，你走錯了啦！」錯愕過後，鍾明亮立刻好笑地大嚷，以爲邵英傑是故意要製造一些效果。

「搞屁啊，我香在這裡耶！」梁又庭揮舞起手中香把，線香味隨著揮晃變得濃郁幾分。

「欸，這個……」葉素馨也沒想到事情會這麼發展，瞄見聊天室一片疑惑、質疑，急中生智地說，「看樣子我們請來的掃帚神沒什麼方向感耶，讓我們一起看看祂到底想走到哪裡？」

邵英傑彎著身子，一步步走到大門前。

前門是關著的，除非打開它，不然只會碰壁。

邵英傑的腦袋撞上了門板，「砰」地一下，身體往後微退，接著竟再度向前，渾然沒察覺到自己前方是緊閉的門板，執著地往前，彷彿一心想走到屋外。

砰、砰、砰，低垂的頭不住往門上撞，掃帚也不停地在地上掃晃，發出沙沙沙的聲響。

一時之間，客廳裡竟無人再開口，猶如被震懾住般看著這幅詭異的畫面。

袁和田慘白著臉，往後連退幾步。

「眞的……觀到掃帚神了嗎？」還是一聲怯生生的詢問打破了這份怪異的靜默。

所有人往聲音來源處看，突然受到注目的梁宇天反射性瑟縮一下身子，雙眼垂下，不敢與眾人對上視線。

但也就是梁宇天的疑問，讓呆愣的葉素馨猛地回過神來。雖然不知道邵英傑爲什麼會選擇不停拿頭撞著大門，她還是急急地指揮起其他人。

「先把香抽起來再拿走掃把！快點、快點！」

袁和田掩不住驚惶，竟往後退得更遠，還是鍾明亮一個箭步抽起掃帚上的三炷香，再一把奪走邵英傑手中的竹掃帚。

「阿傑！阿傑！」

鍾明亮大聲喊他名字，邵英傑的身子晃了晃，接著竟重心不穩地一屁股往後跌。

第六章

「阿傑！」

葉素馨將手機固定在腳架上，憂心忡忡地跑向自己男友。

邵英傑驚喜地發覺自己又能掌控身體了，他急著想站起來，但或許是動作太猛，眼前突然一陣發黑，還是葉素馨扶住了他，才沒讓他再次摔倒。

「我……我剛剛……」回想起方才的遭遇，邵英傑餘悸猶存，驚悚感揮之不去，如同一條無形的繩子緊纏著他不放。

邵英傑想說他剛才眞的被掃帚神附身了，不管是晃動、起身，還是撞門，都不是出於自願。

只是話還沒來得及說出口，肩膀就被葉素馨重重拍打一下。

「眞是的，你要嚇死我啦！」葉素馨打完邵英傑，又連拍了好幾下自己胸口，「萬一你撞得更笨怎麼辦？那我就不要你這個男朋友了。」

接著又拊在他耳邊悄聲說，「你也太賣力了吧？有點演過頭了啦。」

「我不是……」邵英傑一心想解釋那才不是演的，他是眞的被附身了。

「吼，阿傑，你剛那樣眞的挺嚇人的，我都被你嚇到了！」鍾明亮做出捂胸姿勢，但從他的語氣和表情來看，顯然也認定邵英傑是自導自演。

梁又庭把香塞給梁宇天處理，看著邵英傑不屑地冷笑，「拜託，用屁眼想也知道他肯定是……」

「啊，既然觀掃帚神玩完了，我們待會就來玩觀籃仔姑吧。」葉素馨飛也似地截斷梁又庭的話。

對邵英傑作假心照不宣是一回事，但攤在檯面上講，那又是另一回事了。

「我就說我不是，我沒有！」邵英傑受不了一再被人質疑，語氣也帶了些火氣，「我是眞的突然無法控制自己的身體，是祂自己想往門邊走的，我沒有騙你們！」

「好好好，阿傑你辛苦了，不怕不怕，喝杯可樂壓壓驚。」葉素馨倒了一杯可樂過來，像安撫小孩般拍拍邵英傑的背，但眼神看得出擺明不相信他的話。

邵英傑感到異常挫敗，終於體會到什麼叫百口莫辯。他懊惱地耙耙頭髮，知道自己現在不管說什麼，都沒人會相信。

就連原先對玩觀掃帚神最排斥的袁和田，也過來低聲安慰了他幾句，「其實不用那麼拚的，不過還是跟著香的方向走會比較有說服力。」

邵英傑鬱悶地吐出一口氣，放棄辯解了。他回到手機前，毫不意外聊天室裡也分成兩派意見。

當然，覺得是演出來的人比較多。

邵英傑現在也不想跟粉絲們爭論了，他只想趕緊結束這場直播，再好好平復一下心情。

他朝葉素馨比出個手勢，要她和邵欣欣可以準備玩觀籃仔姑了。

「再來要輪到我們女生組上場了！先跟大家介紹一下，這位是阿傑的妹妹小欣喔！」葉素馨拉著不甚甘願的邵欣欣過來，後者戴上口罩，只露出一雙眼睛。

邵欣欣的出現一下引起聊天室的關注，大家都對阿傑的妹妹充滿好奇。

有人說妹妹感覺很漂亮，能不能脫下口罩？也有人說妹妹感覺是個安靜、不愛說話的人，和阿傑成對比。

「喂，我哪有那麼愛說話？帶頭造謠是犯法的。」邵英傑暫時壓下內心的惶惶，沒忘記現在還在直播，故意用輕鬆的語氣和粉絲們鬥嘴。

葉素馨把需要的道具都擺出來，「觀籃仔姑的『觀』呢，對，一樣是『請』的意思，跟觀掃帚神差不多，只不過這個遊戲聽說是女孩子限定，而且要還沒有結婚的才行呢。在我們玩之前，當然也要跟大家介紹一下什麼是觀籃仔姑。」

相傳以前有個小女孩叫籃仔姑，她和兄長相依爲命，結果哥哥娶了個凶悍的嫂嫂。嫂子對她百般苛待，還將年幼的她趕去豬圈睡覺，飽受凌虐的她就這麼在豬圈裡沒了氣息。

後來未出嫁的少女會在中秋夜裡聚集在一起觀籃仔姑，準備的東西比觀掃帚神要多一些。

首先要準備一個竹籃子，把小女孩的衣服披在提把上，當成是籃仔姑的身體；再用一條手帕綁在提把的藤圈上，當作是頭，手帕也要畫上五官才行。

接著把胭脂、花粉、水果等供品放在籃子裡，葉素馨是用口紅和粉餅代替。一名少女點香去豬圈祭拜，好待會迎請籃仔姑降臨。

由於這裡沒有豬圈，便直接省略這流程。

之後把香插在籃子上，兩名少女坐在籃子前，眼睛還要蒙上黑布，一起扶著竹籃，旁邊其餘少女們就會開始唸起咒語。

但現場只有葉素馨和邵欣欣兩個女生，葉素馨稍作變化，事先用手機錄好咒語。她和邵欣欣面對面坐著，雙手握上籃子的提把，再請旁人幫忙用黑布覆住她們的眼睛。

邵英傑替葉素馨按下手機的播放開關。

「籃仔姑，籃仔姨，牽花枝，少年時，現時也未嫁，今年姑仔才三歲。三歲姑，來坐土，四歲姊，來坐椅。坐椅聽，講分明，分阮聽，清茶清果子。食檳榔，黑嘴齒，檳榔心，荖葉藤，好吃不分因，分阮三姑娘仔正是親。親佬親，親荳藤，荳藤白波波，小路通奈何，奈何好景緻；也有花，也有粉，也有胭脂點嘴唇，白衫黑領罩，烏金罩萬字，萬字罩手牌，緊緊催，緊緊到。行到癮龜橋，腳也搖，手也搖，行到六角庄，腳也痠，手也痠；行到花園花就香，行到酒店面就紅。豬稠公、掃帚婆，帶阮三姑娘仔來𨑨迌。」

同樣的話語重複多次播放，最先出現異樣的是葉素馨。

本來好端端坐著的人忽然雙手顫抖，頭也跟著搖晃起來，甚至還發出了短促的抽噎聲。

在女人的低泣聲中，客廳氛圍變得壓抑又沉鬱。

邵欣欣能感受到從籃子提把傳來的抖動，哭聲更是令她繃緊神經。她有一絲慌亂地想抬頭看向前方，但黑布阻隔了她的視線。

她什麼也看不見，唯有哭泣聲清晰可聞。

「怎麼了，葉……」邵欣欣及時把對方名字吞回去，「哥，她怎麼了？」

邵英傑吞吞口水，沒有即刻回答。有了方才身不由己的體驗後，他直覺葉素馨也跟自己一樣，被籃仔姑……或者說某個未知存在附了身。

「她好像是觀到籃仔姑了。」鍾明亮嘴快地說，「妳沒看到不知道，她現在整個人就是不對勁。」

邵欣欣收緊手指，無法視物讓她的緊張感加劇，她略顯尖銳地喊，「然後呢？觀到了就可以結束了吧？我可以走了吧？」

邵英傑聽得出妹妹強硬下隱藏的不安，他猶豫著要不要現在就結束，但聊天室越漸增加的人數讓他又捨不得停下這個遊戲。

「才剛開始玩耶，是要結束什麼？」梁又庭看熱鬧不嫌事大，「喂，阿傑，請來之後呢？你女朋友剛沒說。」

「啊，對。」邵英傑看見聊天室也有不少人在問，看了一眼印出來的資料，「成功觀到籃仔姑後，就能問祂問題，要用可以以數字回答的問題，例如是的話就搖一下，不是的話就搖兩下。」

「那你就快點問啊！」邵欣欣被對面的啜泣聲搞得坐立難安。

「我來、我來！我想問！」鍾明亮摩拳擦掌，掩不住興奮的模樣，「妹妹有沒有交過男朋友？有的話搖一下，沒的話搖兩下。」

葉素馨握著竹籃提把，大力地晃動兩下。

「原來沒交過啊，妹妹好純潔……」似乎酒勁上頭，鍾明亮說起話有些大舌頭，含含糊糊的，「那妹妹喜不喜歡竹科的工程師？」

「別問這個，換別的。」邵英傑警告般瞪向鍾明亮，要他收斂一點。

鍾明亮嘖了聲，還是換了問題，「妹妹去年生日的時候，是跟幾個朋友慶祝的？應該有慶祝吧，總不會沒朋友吧。」

竹籃子被搖了四下，表示有四個人。

邵欣欣有些驚訝地張著嘴，顯然這個答案是正確的。

接下來鍾明亮又問了幾個問題，竹籃子分別搖晃不同次數。

邵欣欣身體越繃越緊，手指死死握住提把，手背甚至浮出青筋，至今爲止竟然全都是正確答案。

而那些事情，就算是跟她住一起的葉素馨和邵英傑都不知道。

「不要再問我的事了，問別的！」邵欣欣繃著臉，聲音尖銳。

「那我想不到了。」鍾明亮攤攤手，「不然換袁和田問吧。」

或許是酒精讓大腦變得遲鈍，也將恐懼麻痺掉了，以往積壓在心裡最深處的東西也能輕易傾吐出來。

袁和田想也不想地脫口而出，「方知華是不是要來報復我們？是就搖一下，不是就搖兩下。」

沒人想到袁和田會問出這個問題，乍一聽見方知華的名字，邵英傑、梁又庭和鍾明亮都愣住了。

當他們目睹竹籃猛烈搖動一次就停住後，客廳裡一片死寂。

但對邵英傑他們來說，卻有如一滴水墜入沸騰油鍋內，炸起波濤洶湧。他們神色霍然大變，其中以梁又庭臉色最難看，幾近鐵青。

聊天室裡冒出一堆問號，大多都在問方知華是誰。

眼角掃到聊天室的內容，邵英傑猛然回過神，匆促地說了句今天直播到這結束，就火速關了直播。

「討厭耶！你幹嘛關直播！」不料葉素馨倏地扯下眼上的黑布，不滿地向邵英傑抱怨。

「妳……妳沒事？」邵英傑呆懵地看著自己女友，不明白眼下是什麼狀況，「妳不是被籃仔姑……」

「拜託，想也知道是假的，我演出來的啦！很逼眞對不對？」葉素馨對自己的演技沾沾自喜。

邵欣欣也扯下自己的黑布，不敢置信地問：「演的？那剛剛又是怎麼回事，爲什麼妳有辦法都答對？」

「當然是瞎猜……開玩笑的啦，不是瞎猜。」葉素馨笑咪咪地公布眞相，「我有去欣欣妳的ＩＧ把照片都看過一輪，妳在上面會講一些日常，妳自己可能都不記得當初在上面說過什麼了吧。然後我再請鍾明亮配合，問出那些問題囉。」

邵欣欣沒料到是這麼一回事，想到葉素馨竟然跑去把自己ＩＧ翻過一輪，就感到渾身不對勁。

「妳……妳簡直是有病！」邵欣欣惡狠狠地怒瞪了葉素馨一眼，一把將放在椅子上的竹籃揮落地，憤而離開客廳。

「欣欣？喂，邵欣欣！」邵英傑喊了幾聲，只聽到邵欣欣上樓的重重腳步聲，不用想都知道對方一定氣壞了，他轉頭不滿地瞪視自己女友，「妳搞什麼？爲什麼要侵犯她隱私？」

「我這哪算是侵犯她的隱私，明明都是她公開過的東西。」葉素馨也有些不滿，但更多的是被指責的委屈。

邵英傑揉揉太陽穴。葉素馨說的有道理，但從邵欣欣的角度來看，不是她讀者的人卻把她ＩＧ全部看過一輪，只會使她相當不舒服。

「還有最後那一下，妳不搖不就沒事了。」邵英傑沒忘記袁和田的那個問題，葉素馨的那一下簡直像刺痛他們所有人的神經。

「我就隨便搖，我哪知道方知華是誰。他到底是誰？」

「妳管他是誰。」

這邊邵英傑和女友起了爭執，另一邊的梁又庭等人則是爆發嚴重衝突。

梁又庭粗重地喘著氣，鼻孔賁張，怒氣如同火山噴發，一口氣從體內衝出。

「你他×是問三小啊！」梁又庭揪住袁和田的領子，爆氣地對著他大吼，「你沒事幹嘛要提一個死人的名字！」

袁和田嘴唇顫抖，一句話都擠不出來，他現在也後悔剛才的衝動。

他不該問的，即使葉素馨說她是隨便搖，可會不會有萬分之一的可能性，是……

袁和田的沉默大大激怒了梁又庭。

「還報復？你腦袋裝屎嗎？現在都什麼年代了，方知華那傢伙早就死了！死透了好嗎！」梁又庭的眼睛布滿血絲，雙眼通紅，表情猙獰，彷彿一隻惡鬼想要把面前的人撕得四分五裂，「我看現在連你也想找死！」

「梁又庭！喂，梁又庭！」鍾明亮發現情況不對，忙不迭向邵英傑他們討救兵，「英傑，你們也快來勸他一下！」

梁又庭還在對袁和田咆哮，每當他發出怒吼，梁宇天的身子就會不自覺地抽搐一下，眼裡也浮上懼意。

邵英傑和鍾明亮合力，總算把袁和田從梁又庭手下拉出來。梁又庭現在看什麼都不順眼，火氣衝上他的心頭，越燒越烈，讓他急須找個管道好好發洩出去。

「幹恁娘機掰咧！」他霍然大手一揮，把長几上的東西都掃落下去。

「啊！」梁宇天下意識蹲下身，想把東西都撿起。

這動作不知哪裡觸怒到梁又庭，他突地一腳重踹上自己的兒子，把人踢翻在地。

梁宇天慘號一聲，反射性用雙手擋著頭，縮著身體，在地上瑟瑟發抖，卻也不敢站起來，似乎怕自己一有動作會再遭到更可怕的暴力。

邵英傑幾人都被嚇傻了。

就算知道梁又庭會拿兒子出氣，可怎樣也沒想到竟會如此粗暴凶狠，簡直像不把自己兒子當人看。

梁又庭還不解氣般，抬腳又想往梁宇天身上踹去。

邵英傑他們急忙一擁而上，拉扯住梁又庭，不讓他再對那名可憐的少年施暴。

「你在幹什麼？那是你兒子耶！」邵英傑氣急敗壞地吼道。

「我兒子又怎樣？老子打兒子不是天經地義？」梁又庭的臉因怒氣和酒精漲得通紅，他梗著脖子，眼裡血絲更多。

「小天，你沒事吧……」葉素馨扶起梁宇天，擔憂地問。

梁宇天臉上失了血色，一雙眼睛裡全是惶惶然，對於葉素馨的詢問沒太多反應，如同飽受驚嚇的小動物。

見梁宇天嚇壞的樣子，葉素馨對梁又庭的厭惡頓時加深一層。

正當邵英傑他們試圖讓梁又庭冷靜下來的時候，響亮的玻璃破裂聲冷不防從走廊深處傳來。

刺耳的聲音讓客廳裡的人都停下動作，不約而同地望向走廊方向。

下一秒，邵英傑意識到自己老家出事了，也不管梁又庭會不會再發瘋，率先衝進廚房。

「英傑！」

「阿傑！」

其他幾人趕忙跟上，梁又庭也像忘記了不久前的暴怒，扔下梁宇天逕往屋子深處跑。

邵英傑站在廚房裡，映入眼中的場景令他倒抽一口涼氣，血液好像也在這一刻跟著倒流。

「怎麼了？到底是發生……」葉素馨看清廚房景象後，追問頓時中斷。她摀著嘴，眼睛瞪得大大。

另外三人的反應也差不多，他們像被施了石化法術，僵硬在原地不動，雙腳有如在地板上紮了根。

廚房的燈已經被邵英傑打開，讓人可以清楚看見裡面的狀況。

玻璃窗不知道被什麼砸碎了，破了一個大口，玻璃碎片四散，被風颳進的雨水把地面淋濕。

而在那灘雨水旁，赫然橫倒著一支讓人怵目驚心的染血竹掃帚。

邵英傑腦海空白一瞬，他瞪著那支竹掃帚，隨即大步走向後門，檢查起門鎖，但得到的結果讓他一陣發暈。

門依舊是由內上鎖，也就是不存在他人入侵並偷偷把這支竹掃帚放進來的可能。

「門……是上鎖的。」邵英傑吶吶地說。

「噫……啊啊啊！」袁和田看著那支還在淌下血珠的掃帚，再也壓抑不住內心的恐懼，「是方知華！方知華！一定是方知華回來了，他要找我們復仇！」

梁又庭現在最聽不得「方知華」三個字，嚴厲吼道：「世上才沒有鬼！你他媽的別再說方知華了！」

袁和田像是瀕臨極限，反倒不再畏怕梁又庭的恫嚇，扯著嗓子高喊。

「不然你說，掃帚是怎麼出現的！後門是鎖著的，窗戶外又有鐵窗，從外頭根本不可能把竹掃帚塞進來！只有方知華才做得到，他是鬼，他才有辦法！」

梁又庭一時語塞，只能像隻躁怒的野牛，鼻子不住噴著氣。

「我要走了……」袁和田一步步往後退，「我現在就要走了，我再也不要待在這地方！」

「你要怎麼走？」鍾明亮眼明手快地使勁拽住人，「我們都是坐梁又庭的車來的。」

「我告訴你，老子絕對不走，我就要看是誰敢搞鬼！」梁又庭撂下狠話。

袁和田搖著頭，面無血色地說，「我叫計程車，叫不到我就用走的……我用走的也可以。」

邵英傑哪可能眞的讓袁和田離開，天那麼黑，外面還在下大雨，路上肯定也積水了，更何況他的精神狀態看起來很不穩定，萬一出事了怎麼辦？

「你冷靜點，只是一支掃帚沒辦法說明什麼。」邵英傑知道這個解釋很無力，但他只能這麼講了，「好歹等明天，明天天一亮，我就開車送你，這樣總行了吧。」

邵英傑的保證總算讓袁和田稍微鎮靜下來。

可即使如此，他也不願繼續留在一樓，只想和引起他恐懼的廚房離得遠遠的。他想也不想地跑上二樓，隨後就聽見響亮的關門聲。

「幹喔，那個孬種！」梁又庭啐了一口。

邵英傑不想管梁又庭說什麼了，他疲憊地抹了一把臉，先找個東西把窗戶破洞擋住，以免雨水持續灌入，再把竹掃帚拿到垃圾桶旁邊放，「剩下的明天再收拾吧，先把客廳收一收再說。」

幾個人回到客廳，發現梁宇天已經主動把東西都收拾乾淨。

望了一圈，葉素馨卻沒看到自己買的那支竹掃帚，「小天，你把掃帚收到哪裡了？」

「咦？」梁宇天茫然地看向葉素馨，接著慌張地四下張望，「我不知道，我剛就沒看到掃帚，我以爲是你們拿走了。」

「你白痴啊，誰會帶那種東西跑！」梁又庭看到兒子畏縮的樣子就火大，「除了你還會有誰動它，還不快點把它拿出來！」

「不是我，眞的不是我……」梁宇天慌亂地搖著頭，瞧見梁又庭氣勢洶洶地上前一步時，第一反應就是雙手抱頭。

這態度讓梁又庭更加不爽，他習慣性地揚高手，發現邵英傑和鍾明亮都擋在他身前，又硬生生地憋住。

「小天，你眞的沒看到掃帚嗎？」鍾明亮見梁宇天仍是搖頭，一直抱持科學論點的他這一刻不禁產生一絲動搖。

原本擺在客廳的竹掃帚不見了，廚房卻多了一支染血的。

按邏輯來說，掃帚不可能平空跑到廚房。

難道眞的像袁和田說的……是方知華回來了？

這念頭剛冒出，鍾明亮一個哆嗦，趕緊把自己的胡思亂想壓下去。

不可能的，世上哪來的鬼，一定都有辦法解釋得通。

像是要極力說服自己，鍾明亮在心裡不斷地說著。

「還杵在這裡幹嘛？」見梁宇天一問三不知，只會像根柱子傻站在一邊，梁又庭斥喝道：「還不滾去樓上，看到你就煩！」

梁宇天顯然早就習慣自己父親的呼來喝去，低下頭，絲毫不敢違抗地走上二樓。

在場沒小孩了，葉素馨像是再也憋不住一直縈繞在心頭的疑惑，馬上問出口，「方知華到底是誰？」

葉素馨看見包括自己男友在內，三個男人的表情都不太好看，邵英傑和鍾明亮是僵著臉，梁又庭則一臉晦氣。

「聽你們的說法，應該是都認識他。」葉素馨推測出一個可能，「他也是你們的國中同學？」

「妳幹嘛忽然提這個名字？」邵英傑搓揉臉頰，視線閃躲女友直勾勾的目光。

「什麼叫我忽然提？是你們自己一直提的，我好奇想問也很正常吧。」葉素馨理直氣壯地說道，「袁和田為什麼說方知華要回來找你們復仇？」

「妳還好意思說，妳不要故意搖籃子不就沒事了！」重提這事，讓邵英傑不免氣惱。

「那也改變不了是袁和田自己說出來的啊。」葉素馨才不認為自己有錯，「他不問，我就不會想說要回應他了嘛。」

「那妳也不該搖一下……」

「所以說，為什麼？提到方知華這個人，你們就變得很不對勁。」葉素馨困惑地環視眾人一圈，最後視線定格在男友身上，「邵英傑，你說啊。」

每當被女友連名帶姓地叫，邵英傑就知道事情沒那麼好閃避了。

面對葉素馨探照燈般的雙眼，他重重嘆了口氣，瞥了一眼鍾明亮和梁又庭，見他們沒有阻止的意思，也可能是今晚發生的一切讓他們感到疲累了，他在離自己最近的一張椅子坐下，把二十年前發生的事簡略地說給葉素馨聽。

那一晚，他們一起到舊港溪邊玩觀掃帚神，說好每個人都要觀一次。

方知華第一輪猜拳猜輸了，由他來當負責觀的那人。

他們的遊戲很順利，方知華就像被附身般隨著香把位置移動或轉彎。

「就像……不是眞的請到掃帚神了嗎？」葉素馨訝異地提出疑問。

「哪可能眞的觀到啊，世上才……」鍾明亮不以爲然地剛要反駁，又驟然想起方才廚房的景象，訕訕地閉上嘴，沒再繼續說下去。

「管他有沒有觀到。」梁又庭不耐煩地說，「反正他會死在溪邊又不是我們害的。」

「死？」葉素馨大吃一驚，尾音有點發顫，「玩完觀掃帚神……他就死了嗎？」

「不是！」邵英傑急忙辯駁，就怕葉素馨眞的以爲方知華的死與他們有關，「不是那樣的，他是……他是因爲意外才死在舊港溪。」

邵英傑用力抓抓頭髮，接下來發生的事有些難以啓齒，那畢竟是深埋二十年的祕密。

他盯著磨石子地板，聽見自己用乾澀的聲音說著他們玩觀掃帚神的經過。

方知華可能是受到氣氛和環境影響，不知不覺進入輕度催眠的狀態，才會依著線香的指引行動。

爲了惡整一下這位總是受眾人稱讚的好學生，梁又庭拿著香把，將人從堤岸上引到堤岸下，讓對方踩進溪裡，最後他們把人扔在舊港溪就各自回家去了。

恍惚中，邵英傑好似又再度看到那名少年一直低著頭、弓著身，緊握著竹掃帚，站在臭氣沖天的舊港溪裡一動也不動的身影。

明明那晚他們抱著的是惡作劇的心態，就等著隔天一早去學校嘲笑對方。可誰也沒想到，第二天等到的卻是方知華死去的消息。

「你們那時候就把他一個人丟在那？一整晚？」葉素馨倒抽一口氣，不敢置信地看著邵英傑，「你居然也同意了？」

「我那時候年紀小，所以……」邵英傑有些心虛地移開眼神。

「幹！才不是我害死他的！」梁又庭惱羞成怒地低吼，本來就被酒精醺得通紅的臉整個漲成紫紅，「他自己要傻傻站在那裡的不能怪我，我哪知道他會死啊！我離開時他明明還好好的，是他自己衰小怪不得別人啦！」

梁又庭吼聲剛落，本來明亮的客廳倏然間燈光全暗，伸手不見五指，幾人心跳差點漏跳一拍，驚慌如浪潮席捲。

「停、停電嗎？」葉素馨驚叫一聲，反射性抓緊邵英傑的手臂。

「怎麼回事？」鍾明亮掌心出汗，「爲什麼燈不亮了？這未免也太剛好……」

話甫說出口，鍾明亮才反應過來自己說了什麼，他閉上嘴巴不敢再講。即便周遭一時什麼也看不見，他還是忍不住緊張地左右張望，深怕突然冒出未知的存在。

鍾明亮呼吸急促，燈暗下的時機太湊巧了，令他不得不多想。

爲什麼偏偏是在梁又庭極力撇清與方知華死亡關係的時候。

是方知華，方知華不滿他們的說法……

「可能是風雨太大，跳電了，別緊張。」邵英傑努力保持冷靜，將葉素馨往自己懷裡帶，一手安撫地拍著她的背，一手拿出手機，打開手電筒，驅散小範圍的幽暗。

光線的出現讓幾人總算沒那麼慌亂，同時也跟著反應過來，他們可以拿手機出來照明。

「我去看一下，等等就回來。」邵英傑沒讓葉素馨跟著，獨自拿著手機離開。

憑著記憶，他找到電源總開關的位置，稍微搗鼓一下，燈光果然重新亮起，屋子裡恢復光明。

邵英傑回到客廳後，只看見自己女友一人還坐在椅子上，鍾明亮和梁又庭都不見蹤影了。

雖然心裡有猜測，邵英傑還是問了一聲，「他們兩個呢？」

「回房間去了。」葉素馨有些懨懨地說道，「說他們累了，想睡了。」

邵英傑下意識看了牆上時鐘一眼，「想睡了？這麼早？還不到九點耶。」

「可能是喝酒的關係吧，今天在外面一整天，我自己都覺得有點想睡了……」葉素馨打了個呵欠站起來，將額頭貼在邵英傑肩膀上，手指緊緊拽住他的衣角。

「阿傑，你覺得……」她含糊地說道。

「什麼？」邵英傑聽不清楚，低頭湊近她。

「你覺得明天雨會停嗎？」葉素馨一把抱住他，這次換把臉埋進他胸膛。

邵英傑注意到她的情緒有些消沉，思及可能是自己二十年前做下的事對她造成了衝擊，心裡忍不住愧疚起來。

他刻意維持輕快語氣，想讓她心情好起來，「一定會停的，我明天可是要帶妳繼續吃好料呢，不把妳餵飽我就改姓葉。」

「噗，葉英傑，聽起來不錯嘛。」葉素馨被逗笑了。

「好啦，大美女，該放開我了。」邵英傑聽見她的笑聲，心頭跟著一鬆，「我們回房間睡覺吧。」

「不要，你負責把我弄回去。」葉素馨把他抱得更緊了。

「妳這樣我要怎麼走路啊。」邵英傑好氣又好笑，只好又抱又拽地帶著她去關客廳和走廊的燈，樓梯間的燈留著沒關，如果樓上有人下來上廁所才看得到路，這才與她回到房裡。

第七章

房裡原本大亮的燈光驟然熄滅，差點讓一晚上緊繃著神經的袁和田尖叫出聲。

好在他及時想到能用手機照明，手忙腳亂地找到手機的手電筒功能，熾白的光芒立刻逼退他周圍一圈的闃黑。

袁和田坐在床上，重重地喘著氣，控制不住焦慮上湧。

他知道這應該只是單純的跳電，外面風雨那麼大，就算關上窗戶，仍能聽見風在外頭呼呼地吹，雨水大力擊濺在玻璃上。

可身處黑暗久了，便容易忍不住胡思亂想。那些平時靠藥物壓抑的負面情緒如同蟄伏在陰影裡的怪物，如今終於找到機會可以傾巢而出。

袁和田緊閉雙眼，拚命告訴自己別想了，這不關他的事，方知華會死並不是他害的。

就算方知華眞的回來了，也不該找上他。

對，沒錯，明明都是梁又庭！

是梁又庭的錯，要不是他……方知華那時候也不會死！

「眞的不是我，不是我……」袁和田緊閉雙眼，唸唸有辭，彷彿這樣做就能保護自己，「你不要回來找我。」

下一刹那，霍地傳來門把被大力轉動的聲音。

袁和田一震，險些從床上跳起。

「搞什麼？門怎麼鎖了？」鍾明亮的嘟嚷透過門板模糊傳來，緊接著敲門聲響起，「喂，袁和田，你沒事幹嘛鎖門？」

聽著咚咚咚的聲響，袁和田的心臟也像被大力搥打著。

「袁和田，你聽到了沒有？」鍾明亮敲了一會兒門沒得到回應，低罵一聲，「不會給我睡著了吧……喂，袁和田！」

袁和田不想開門，不想讓任何人進來，這裡是他的安全空間，是能守護他的堡壘。他跳下床鋪，三兩步來到房門前，衝著外邊的鍾明亮喊道。

「你走開，你走開！」

「靠，結果你醒著啊！你叫誰走開？」鍾明亮似乎被袁和田氣笑了，「這裡也是我的房間，說好我們今天擠同一間的，你鎖了是要我怎麼進去？」

接下來不論鍾明亮怎麼說，袁和田打定主意就是不開門，也不再回應。

門外的鍾明亮拿袁和田沒辦法，只好撂下話，「算了，我去找梁又庭喝酒了，你最好晚點把鎖打開，不然我鐵定跟你沒完沒了。」

袁和田才不管鍾明亮要怎麼跟他沒完沒了，反正天一亮，他就能離開這裡了。

鍾明亮氣呼呼地走了。

袁和田可以聽見沉沉的腳步聲逐漸遠去，他鬆了口氣，背倚著門板，肩膀無力地垂下。

燈很快就亮了。

突然變亮讓袁和田不禁閉了下眼，待他再睜開，房內景象無所遁形。

袁和田就是在這時候察覺衣櫃和牆壁之間的角落裡藏有什麼，他好奇地走近一、兩步，心跳在這一瞬幾乎快要停止。

一支竹掃帚靜靜立於此處，柄端還帶著些許暗紅，如同沾染上了血漬。

袁和田瞪著那支竹掃帚，全身如墜冰窖，寒意從四面八方襲來，要將他不留情地吞噬。

與此同時，房內平空響起了稚嫩的唸歌聲。

「掃帚神，圓輪輪，招你山頂挽樹藤，樹藤變掃帚，掃帚真有神。」

「掃帚神，圓輪輪，招你山頂挽樹藤，樹藤變掃帚，掃帚真有神。」

「啊……啊啊啊！」袁和田驚恐後退，彷彿那不是支掃帚，而是恐怖的怪物。

他退得太急，絆到了自己，重心不穩地一屁股跌坐下去，尾椎重重磕地。

袁和田像沒感受到強烈的疼痛，他慌慌張張地爬起，想趕緊逃離房間。

請神咒不知何時消失了，但他耳邊倏地傳來一道輕輕呼喊。

「袁和田。」

那是少年的聲音。

那是……

那是方知華的聲音！

袁和田整個人僵住了，手腳彷彿變得不屬於自己。他張大著嘴巴，從喉嚨裡擠出的是不成調的呻吟聲。

是方知華，是方知華。

方知華眞的回來了！

方知華來找他了！

袁和田手摀著臉，淚水從眼角滲出，他想向方知華說這眞的不干他的事，可內心深處有個聲音在呢喃。

明明就跟你有關係，如果那時候你有阻止……

「對不起啊，方知華……」袁和田縮著身體，孩童般地哀聲啜泣，嗚嗚噎噎的哭聲從掌心下傳出。

一直以來內心繃得緊緊的弦線終於斷裂，袁和田再也聽不進外界的聲音，耳邊像被死寂包覆。他站起來，搖搖晃晃地走到自己的包包前，從裡面拿出一封信。

袁和田抹了抹眼淚，抬眼看向鏡子裡的自己，三十幾歲的男人紅腫著眼，狼狽得不像話。而他身後，不知何時出現一道模糊人影。

那人身材削瘦，體形如少年……不，他本來就是少年。

看著人影離自己越來越近，袁和田露出像是哭又像是笑的表情，一股前所未有的解脫感隨之浮出。

「方知華，真的很對不起……」

□

晚上九點多對習慣夜貓子生活的邵英傑來說，根本早得不得了。

雖然人已躺坐在床上，但要他馬上閉眼睡覺也太難，十二點睡對他來說都叫早。

想是這麼想，可坐著滑手機沒多久，睡意和倦意忽然一口氣湧上，就連腦袋也跟著逐漸昏沉。

想到之前喝的那些酒，邵英傑有點後悔自己不該喝那麼多，即便大多是啤酒，可也混了一點其他酒類。

要怪就怪梁又庭買那麼多，而且一直有人勸，酒不間斷地被塞過來。

所以他好像喝了五罐、六罐……還是更多？

邵英傑試著回想，但腦中只記得桌上壯觀的一堆罐子。他放棄再想下去，反正頂多是喝到有一點茫，沒到酒醉程度都還好。

邵英傑忍不住張嘴打了一個大大的呵欠，喝完酒後身體比平時來得沉重，讓他只想把全身重量倚靠在床墊上。

剛讓身體滑下躺平，他驀地想起有件重要的事忘了跟女友說。

「欸欸。」邵英傑側著臉，對葉素馨喊了一聲。

葉素馨專注在手機上，沒聽到男友呼喊。

邵英傑伸手戳戳葉素馨的手臂，「我在喊妳耶，妳怎麼沒反應？」

「你有喊喔？我剛就真的沒聽見嘛。」葉素馨看旁邊的人都躺下了，也把手機放旁邊，跟著躺下，「你喊我幹嘛？」

「我有件事要跟妳說。」明知房內只有他倆，邵英傑還是不自覺壓低音量，「就剛剛玩觀掃帚神……我是真的不能控制自己的身體，不然我沒事幹嘛去撞門？」

「不是你爲了製造效果嗎？」葉素馨沒將邵英傑的解釋當一回事，直到她注意到對方的表情很嚴肅，找不出半點開玩笑的意思，她怔住，半晌後才乾巴巴地問，「等等，你是認眞的？」

「我哪像是在跟妳開玩笑？」邵英傑不高興地說，「我是跟妳說眞的，就在梁又庭他們唸請神咒的時候，我的身體就開始不聽使喚，像有股看不見的力量在操縱。」

「你說眞的？」

「妳要問幾次，就說是眞的！」一再被人質疑讓邵英傑不禁沉下臉。

「天啊，我還寧願你是騙我的……」葉素馨往邵英傑的方向靠近，被子也抓得緊緊的，「你這麼說也太恐怖了吧……你眞的請到掃帚神了？」

「我不知道……」邵英傑伸手環住葉素馨的肩，兩人依偎在一起，「我說不出那時體內的存在究竟是什麼，也許、也許……」

邵英傑的音量越來越低，說到最後幾乎含混不清，一個人名含在他的舌尖，但就是難以說出口。

葉素馨像是猜到男友在想什麼，她翻了一個身，把他壓在身下，臉對著臉，「你現在該不會是在想，也許是方知華？」

邵英傑轉過頭，不想與女友對視，「隨便妳說什麼就是什麼。」

「哪有這樣的，明明是你自己挑起話題。」葉素馨捏了一下邵英傑的臉頰。

「但我又沒提到方知華。」邵英傑把她推回去，身體本就昏沉沉的，再被這麼一壓，感覺都要喘不過氣。

「你們說的那個方知華……到底是怎樣的人？」葉素馨躺回自己的位置，但還是側著臉，一雙眼睛睜得大大的。

「我眼皮都要閉上了，妳一定要這時候問嗎？」

「誰教你剛剛要跟我說觀掃帚神的事？就當是說睡前故事給我聽，說完才能睡。」

「妳都多大了還要聽睡前故事……」邵英傑的嘟囔換來腰側一記掐捏，他無奈地嘆了口氣，「知道了、知道了……」

他回憶起往事，思緒不禁跟著飄遠。

「方知華啊，他是個好學生，就是老師會誇獎的那種。功課好，脾氣也不錯，住得不遠，常來我們家，欣欣小時候也很喜歡他。」

「欣欣喜歡……哇，真的假的？」

「這種話妳可別在她面前提起，免得惹她生氣。反正，他人很不錯，要是現在還活著，肯定是個厲害的人吧。」

「可是……」葉素馨欲言又止。

邵英傑知道她未竟的話是什麼——可是你們那時候把他丟在那了。

「我們那是……就年紀小想開個玩笑，沒人知道會發生那種事。」邵英傑知道自己多少有些錯，可方知華會死真的與他們毫無關係，怪罪在他們頭上並不公平，「這只是個意外，誰都不希望發生。」

葉素馨沒說話，只是翻了個身，沒多久又再翻了一個身。

邵英傑的眼睛都閉上了，濃濃的睡意像條繩索纏住他，要把他拖向無盡的睡眠深淵，但葉素馨不算小的動作讓他始終難以安穩入睡。

「妳到底要不要睡？」邵英傑嘆氣說道，「不睡的話坐起來刷手機也行，別翻來翻去的。」

邵英傑一大早起來開車，今天又跑了那麼多景點，既然躺上床了，就只想要一頭栽進夢鄉裡，好好睡一覺。

葉素馨再翻過來面對邵英傑，「我只是有點在意……」

「在意什麼？」邵英傑含糊地問。

葉素馨又不吭聲了，等到邵英傑瞇著眼快睡過去的時候，她驀地開口。

「就是袁和田跟梁又庭的反應會不會太激動了一點？而且你有沒有發現怪事發生的時候，好像都是……」

她沒有把話說完，但邵英傑仔細一回想，發現染血掃帚出現與停電，都是在梁又庭情緒失控時。

但袁和田的過度驚恐也讓人很在意。

「可是，那明明是意外才對……」邵英傑喃喃自語，「那一天我們都離開了，沒人留下來。」

「你怎麼確定沒人留下來？」葉素馨被挑起了好奇心，忍不住問道，「你是最後一個走的嗎？」

「我們是一起騎腳踏車離開的。」邵英傑很肯定地說。

「一起回到家嗎？或是比你早到家？」葉素馨又問。

「當然不是，我們四個人的家在不同方向，我怎麼可能知道他們有沒有比我早到家……」邵英傑話聲一頓，意識到某件事。

「所以你也無法確定有沒有人會中途跑回去。」葉素馨替他說了出來，「如果有人跑回去，先不管對方是什麼理由，萬一方知華碰巧清醒了呢？雙方撞個正著的話，方知華意識到自己被人惡整、還被丟下……」

「會吵起來吧。」邵英傑順著葉素馨的思路思考，「要是那人是梁又庭，恐怕還會打起來。他其實私底下滿不爽方知華的，就討厭人家是優等生。」

彷若回想起什麼，邵英傑驟然一個激靈，「不、不可能吧，總不可能眞的是梁又庭，再怎麼說他也不至於……」

「你想到什麼了？」葉素馨忙不迭追問。

「就是……」邵英傑遲疑了一會，最後還是跟女友吐露一段深藏在心裡許久的往事，「當年知道方知華淹死的事情後，梁又庭立刻找上我們幾個，放話威脅誰都不准把前一晚跟對方玩觀掃帚神的事說出去。妳也知道他那個人，從國中時就那副鴨霸個性，他說要是有我們以外的人知道，他一定打死我們，還說要叫他爸開除我們的父母。當時我媽，還有鍾明亮跟袁和田的爸媽都在他家工廠工作。」

「也難怪你不敢說出來，梁又庭也太嚇人了吧……不過如果他眞的對方知華……不，算了，反正都過去那麼久了，你就別再想了。」葉素馨安慰似地拍拍邵英傑的胸膛，「我去上個廁所，你該睡了，晚安。」

「晚安……」邵英傑喃喃地說。明明身體很累，大腦也像罩著一層霧，可葉素馨說的那些話，卻有如一顆種子落進他心裡，迅速地生根發芽。

假如……方知華的死眞的不是意外呢？

是有人，他們當中的某個人直接造成對方死亡……

在意識隨著濃濃睡意襲來而渙散之前，這個念頭一直在邵英傑心中徘徊不去。

邵英傑終於睡著了，他彷彿作了夢，又夢到二十年前的那一晚。

他看見少年的身影孤伶伶地站在舊港溪裡。

少年猝然扭過頭，化成黑洞的雙眼直直瞪著他，張大的嘴裡發出了尖嘯。

下一剎那，淒厲的尖叫化為現實，驚醒了邵英傑。

「啊啊啊啊啊——」

屋子裡眞的有人尖叫。

手機不知不覺從邵欣欣手裡滑落下去，碰巧撞到了開機鍵，一片漆黑的螢幕瞬間亮起，顯示現在的時間是凌晨三點多。

邵欣欣沒有注意手機已經脫離手掌，她靠坐在床鋪上，本來是在刷手機打發時間的，結果睡意不自覺襲來，讓她的眼皮漸漸支撐不住地往下掉，最末雙眼完全合上。

邵欣欣睡著了。

她作了一個夢，夢裡的女人對著小小的孩子咒罵。

邵欣欣看不清女人和小女孩的面容，只能隱約看出一點輪廓。

那孩子的頭髮綁成雙馬尾，穿著一件紅裙子，面向女人時可以看出她全身明顯在抖動。

女人拿起了塑膠水管，拿起了藤條，拿起了雞毛撣子，毫不留情地抽打在小女孩的背部、手臂或大腿上。

邵欣欣彷彿與那名小女孩起了共鳴，強烈的恐懼和慌亂包圍住她，她嘴裡喃喃夢囈。

「不要……不要……別打了……」

夢還仍在持續。

女人神情猙獰，手裡還夾著菸，對著小女孩破口大罵，隨後竟把未熄滅的香菸直接往小女孩手臂狠狠按下，彷彿把她當成自己的專屬菸灰缸。

小女孩嚎啕大哭，但哭泣只換來女人更殘忍的對待。

熱水不客氣地澆淋上小女孩的手背，白嫩皮膚迅速變紅變腫，冒出了水泡。

「不不不……」邵欣欣眉頭緊皺，痛苦地呻吟著，「不要！」

邵欣欣發出了短促的抽氣聲，霍然從那個令人不舒服的夢境中驚醒。

她喘著氣，胸脯劇烈起伏，心跳極快，眼內殘留著茫然，像是還沒完全從那場夢脫離。

臥室裡的床頭燈猶然亮著，風聲透過緊閉的窗戶傳遞進來，豆大的雨滴不停地砸墜在玻璃上，風雨至今沒有轉小的跡象。

邵欣欣環視四周，意識到自己正在老家的房間裡。

片刻過後，心跳不再那麼急促，她捂著胸口，好似還能感受到夢中小女孩的恐慌和無助。

「討厭的夢……」邵欣欣低聲地說，也不知道是不是因爲今晚玩了觀籃仔姑，才會作這種夢。她用手指耙梳散亂的頭髮，起身下床，想要下樓喝個水。

房外走廊昏暗，只有樓梯間還留著照明用的小燈。

邵欣欣來到一樓，客廳已經全暗，緊鄰旁邊的房間門縫底下也沒流瀉出燈光，她哥和女友應該也都睡了。

邵欣欣剛要踏入廚房，冷不防聽見抽噎般細弱的哭聲，是從廚房傳來的。

聽起來就像是……小孩子的聲音。

邵欣欣渾身僵硬，想說服自己不可能，這間屋子裡不可能出現小孩，前後門都關得緊緊的。

哥應該有關緊吧，不可能眞的是別人家的小孩跑進來吧。

即使理智告訴邵欣欣這個猜測有多荒謬，外面風雨不小，又是三更半夜，誰家小孩會獨自跑進別人家？但她這瞬間卻寧願相信眞相是這個。

邵欣欣咬了咬牙，抬起有如千斤重的腳，毅然往廚房門口踏入，裡頭一片闃黑，伸手不見五指。

哭聲變得微弱，好像隨時要消散於風聲中。

邵欣欣伸手摸上牆壁，迅速打開電源開關。

廚房燈霎時亮起，邵欣欣瞳孔收縮，她看到角落蹲著一名穿紅裙子、綁著短短雙馬尾的小女孩。

邵欣欣全身像是血液倒流，按在開關上的手指不自覺再次用力。

「啪」的一聲，廚房燈驟然熄滅，一切又消弭於黑暗當中。

邵欣欣連忙又把燈打開，乍現的燈光讓她忍不住閉了下眼，當她再睜開時，臉上浮現茫然。

映入邵欣欣眼中的景象，正如同邵英傑之前傳訊息告訴她的一樣，一地狼藉。

窗戶被人拿個板子擋住了，但邊緣仍滲入一些雨水，好在災情不算太大。地上凌亂地散落著玻璃碎片，垃圾桶旁則立著一根竹掃帚。

沒有穿紅裙子的小女孩。

邵欣欣往前又走幾步，把幾個能藏人的角落都看過，沒發現任何人的身影。

是錯覺嗎？難道是受剛剛的夢影響？

邵欣欣依舊覺得不可思議，但除了自己便空無一人的現實，讓她提起的一顆心落回原處。她來到流理台前，拿起空杯子爲自己倒了一杯水。

邵欣欣打算把水拿回房裡，即使方才不過是錯覺，她仍不想再待在廚房。

她轉身就要離開，可沒想到垂在腰側的另一隻手卻突然被塞入冰冰軟軟的東西。

邵欣欣身體發僵，寒意從腳底板直竄至她的腦門，她嘴唇微微哆嗦，眼珠子慢慢地往自己左側移動。

但用力到眼睛都痛了，從邵欣欣的角度還是看不見自己左側的光景。在極度的恐懼中她慢慢扭過頭，瞠大至極限的雙眼終於看清了冰冰軟軟物體的眞面目。

那是一隻小孩的手。

一名綁著短馬尾、穿著紅裙子的小女孩，的手。

邵欣欣大腦徹底停擺，什麼也無法思考，她只能用盡全力地放聲尖叫。

「啊啊啊啊啊——」

淒厲的尖叫聲響徹整棟屋子，驚醒了睡夢中的眾人。

反應過來這是自己妹妹的尖叫之際，邵英傑如砧板上的魚彈起身體，手忙腳亂地下床穿鞋，急急衝出房外。

邵英傑他們的房間就在一樓，最快趕到尖叫現場。

他匆匆跑進燈光大亮的廚房裡，看見邵欣欣跌坐在地上瑟瑟發抖，地上還有打翻的水杯。

邵欣欣面容慘白，雙眼發直地一直盯著某個方向，全身抖個不停。

「欣欣！」邵英傑被嚇了一大跳，一個箭步來到妹妹身邊，手剛放至她的肩上，她就像驚弓之鳥，身體猛震一下。

「欣欣，是我，我是妳哥！」邵英傑連忙大力握住她的手，想要安撫她的情緒，這一握才發現邵欣欣的手涼得不像話，而且手背上略有些凹凸不平。

邵英傑微愣，不由自主地鬆開手。

就在這個當下，其他人也陸續趕過來了。

「怎麼了？發生什麼事？」繼邵英傑之後，最先過來的是葉素馨，一踏進廚房她就驚訝地瞪大眼，「阿傑、欣欣，你們怎麼了？」

接著到廚房的是鍾明亮和梁又庭父子。

鍾明亮站在廚房門口，像是不敢踏進這個留給他陰影的地方，只敢探頭進來。

被遮擋住視線的梁又庭暴躁地把人往裡用力一推，「你是站在這裡當柱子喔！讓開啦！」

鍾明亮踉蹌地跌進廚房，急忙扶著牆壁穩住身形，也瞧清了坐在地上的邵欣欣。

「邵欣欣，妳大半夜的衝啥在這鬼吼鬼叫！」梁又庭看清把他們所有人都驚醒的人是邵欣欣後，積壓的煩躁像找到了發洩口，「妳不用睡覺，別人還要睡！」

鍾明亮嘴上沒說什麼，可臉上也閃過露骨的不耐，誰都不喜歡睡得好好的忽然被打斷。

「梁又庭你說夠了沒！」邵英傑低吼道：「沒看到欣欣現在情況不對嗎？」

梁又庭停了抱怨，但還是一臉被欠了幾百萬的模樣。

「她……她沒事吧？」怯怯的詢問聲從梁又庭身邊飄出，梁宇天不安又緊張地看著廚房裡一蹲一坐的兩人。

梁宇天問的，也是邵英傑現在最想知道的。

「欣欣，妳還好嗎？站得起來嗎？」邵英傑擔憂地說，「我扶妳吧。」

邵欣欣像是尋回了一絲理智，緩緩地點下頭，靠著兄長的攙扶重新站起。

確定邵欣欣站得穩了，邵英傑才收回手，可他還是下意識往她手臂多看了幾眼。透過輕薄的布料，他覺得好像在妹妹的上臂摸到幾處凸起。

不待邵英傑多想，葉素馨的關懷隨即傳來，「欣欣妳還好吧，究竟是發生了什麼事？」

「籃……籃……」邵欣欣顫抖著唇瓣，費了一番力氣才讓話語變得連貫，「籃仔姑……我看到籃仔姑了！就在廚房裡！祂還抓住我的手！」

「靠靠靠！眞的假的？」鍾明亮像觸電般彈跳起，慌張地左右張望，就怕邵欣欣口中的籃仔姑無預警從某處衝出來。

「籃仔姑？」葉素馨吃了一驚，與邵英傑交換一記憂慮的目光。

邵英傑對她輕搖一下頭，要她別開口否定這個說法，對方目前最需要的是安慰。

「欣欣，妳看到的籃仔姑……是長什麼樣子的？」葉素馨柔聲詢問。

「很小的小女生，綁著雙馬尾，穿著紅裙子，手很冰很涼……但我看不清楚祂的臉。」

「妳怎麼知道那就是籃仔姑？」

「因爲我作了夢……」邵欣欣喉頭滾動了下，語速不自覺加快，「我在夢裡看過那個小女生，祂被另一個女人打、被虐待，我以爲那只是作夢……」

本來感到不耐煩的梁又庭和鍾明亮目露驚疑，他們都還記得籃仔姑的故事。

幼小的籃仔姑被嫂嫂虐待，最後被趕到豬圈，在那結束了短暫的一生。

「應該……」葉素馨舔舔發乾的嘴唇，「應該不是我們那時候，眞的請過來的吧？但我那時眞的只是假裝的，搖幾下都是我自己決定的呀。」

「現在這時候那種事已經不重要了。妳在這陪著小欣，我去客廳檢查一下。」邵英傑把人交給葉素馨，自己則去打開走廊和客廳的燈，什麼異狀也沒發現。

他甚至還打開前門，冒著風雨往左右張望，依舊沒看到任何可疑的存在。

雨水潑上了邵英傑的臉，寒意滲入皮膚裡，他連忙重新關上大門，抓起幾張衛生紙，胡亂地擦拭被雨淋到的地方。

直到這時，邵英傑驟然想到一個不對勁的地方。

袁和田人呢？

爲什麼沒有看到他下來？

方才的騷動那麼大，照理說所有人應該都會被嚇到才對。

爲什麼袁和田沒有出現？難道眞的是喝酒喝太多睡死了嗎？

邵英傑抱持著疑惑回到廚房裡，「喂，鍾明亮，你起來的時候袁和田還在睡嗎？他沒被欣欣的尖叫吵醒喔？」

「我哪知道？」鍾明亮聳聳肩膀，說出了眾人意料外的答案，「我又沒跟他待同一間房，那王八蛋把門鎖住了。」

「那你睡哪裡？」

「叔叔跟我們一起。」梁宇天聲若蚊蚋地說。

「就是小天說的那樣，我只能跑去他們那間啊，一起又喝了一會酒，然後克難一點，三個人擠一擠。不然你要我怎麼辦？」

邵英傑還眞沒料到樓上發生過這種插曲，「那你再去敲個門，看能不能叫醒袁和田吧，總要知道下他的狀況。我去找鑰匙，他沒起來開的話，就直接用鑰匙開。」

「快去啦！」梁又庭抬腳踹了鍾明亮一下，「滾回你自己的房間睡啦！」

鍾明亮只好摸著屁股上樓，後頭是梁又庭父子，還有被葉素馨扶著的邵欣欣。

邵英傑再回到客廳裡，在電視櫃最下面的抽屜找到各個房間的鑰匙，貼在上面的貼紙糊了大半，但還能大致辨認出來哪一支對應著哪間房。

在走廊裡就能聽到鍾明亮大力敲門的聲音，咚咚咚，聽起來就像故意洩恨。

邵英傑來到二樓時，鍾明亮還在敲門。

「都這樣了，袁和田不可能還在睡吧？」邵英傑開始有絲擔心，「都沒反應嗎？」

「拜託，他肯定是裝死不想出聲。」鍾明亮想到幾個小時前，袁和田也是如此對他，就感到格外不爽，他搶過邵英傑的鑰匙，粗魯地開鎖、轉動門把，「這個王八蛋，眞當我不會發飆嗎？」

在鍾明亮的罵聲中，門被打開了。

鍾明亮用力推開房門，劈頭就是一頓大罵，「袁和田，你是要當縮頭烏龜到——」

鍾明亮的聲音霍地哽住了，手還握在門把上，嘴巴也來不及閉上。

房內仍亮著燈，一切都能看得一清二楚。

但就是因爲太清楚了，鍾明亮的大腦才一時沒辦法理解眼前所見，只能怔怔地看著垂掛在半空中，像是一條蒼白大蟲的身影。

鍾明亮眨了幾下眼，等到大腦恢復運轉，才反應過來眼前畫面代表什麼意思。

那隻蒼白大蟲是袁和田。

袁和田掛在吊扇底下。

他，上吊了。

「啊啊……啊啊啊啊啊！」鍾明亮驚懼慘叫，過大的衝擊讓他站立不穩，一屁股摔跌在地。

他像是不覺得痛，驚慌失措地急急往後挪移，直到撞上後方樓梯欄杆才停下。

誰也沒空去關心鍾明亮，幾人都被房內景象嚇傻了。

「幹幹幹幹！」梁又庭腦子空白，反射性罵出一串髒話，彷彿這樣就能改變眼前所看到的。

「我的天……」葉素馨白著臉，悲鳴出聲，她連忙扭過頭，不敢多看房內一眼。

邵欣欣摀著嘴，聲音哽在喉嚨裡，另一手扯住梁宇天，拉著人一同退到走廊上。

邵英傑什麼話也說不出來，巨大的震驚奪走了他的發聲能力，他只能傻傻地看著垂吊在房裡的那道人影。

袁和田雙腳離地，一條皮帶緊緊勒纏在頸項間，腳下有一張翻倒的椅子。他的頭顱歪歪地垂著，臉呈紫紅色，讓他的五官看起來更加嚇人，雙手無力地垂放在腰間，腳尖垂直向下。

袁和田就這麼吊在吊扇下，一動也不動，胸膛沒有半點起伏。

「他死了……他死了嗎？」不知道是誰開口說出了這句話。

這句話拉回了邵英傑的神智，他猛地回過神，一個邁步衝進房間裡，嘴裡還大叫著梁又庭的名字。

「梁又庭，快來幫我！快一點！」

梁又庭鐵青著臉跑進去，與邵英傑合力解開皮帶，把袁和田放下來，讓人躺在地上。

袁和田雙眼緊閉，脖子上有一道醒目勒痕。

邵英傑不知道袁和田吊在房裡多久了，他咬咬牙，還是對袁和田做起人工呼吸和心肺復甦。

幾輪下來，袁和田的胸口處仍是一片平靜，鼻間也沒有任何氣息。

最末邵英傑只能承認一件事，袁和田眞的死了。

他跌坐一旁，無力地朝眾人搖搖頭，心裡被茫然侵佔。他怎樣也想不通，幾個小時前還一起喝酒聊天的同學，怎麼突然就變成一具冰冷的屍體？

袁和田爲什麼要上吊自殺？他不是還打算一早搭車離開這裡嗎？

葉素馨白著臉，看得出來她不是很想踏進這個有死人的房間，可她還是忍著害怕，來到邵英傑身邊，握住他的手。

「我不明白……」邵英傑喃喃地說，「之前不都還好好的？他爲什麼要自殺？都說好明天要載他的……」

「這不是你的錯……」葉素馨擠出安慰，目光不小心觸及袁和田的臉，又匆匆轉開，爲了轉移注意力，她環視房間一圈，隨即像看到什麼駭人的東西，瞳孔一縮，驚叫聲不受控制地逸出，「呀啊！」

「妳是叫三小啊！」梁又庭宛如瀕臨爆發地吼道。

「英傑，那個……那個是不是……」無視梁又庭的不滿，葉素馨一手死命抓著邵英傑，另一手戰戰兢兢地往角落方向指。

邵英傑抬頭順勢看去，待他看清那個角落裡有什麼後，喉嚨像被一雙看不見的大手牢牢扼住。

一支竹掃帚就立在陰影裡。

梁又庭也看到了，他用力瞪著今晚彷彿陰魂不散的竹掃帚，驟生的憤怒蓋過心底的驚嚇，他忽地上前拿出竹掃帚，大步來到房門口。

「這誰放的！誰故意放這個的！還不快給我說出來！」他陰沉著臉，眼神凶惡地逼問外面幾人。

鍾明亮的承受能力在看到竹掃帚的剎那就崩潰了。

「是方知華！一定是方知華害死他的!!過十二點了，今天是三號了，所以他來了！」鍾明亮的無神論在今夜完全粉碎，他歇斯底里地嚷，「他回來找我們了，當年有玩觀掃帚神的都會死，袁和田就死了啊！」

「你他媽的閉嘴！」梁又庭扔開竹掃帚，冷不防一拳砸上鍾明亮的臉，打斷了他的驚聲尖叫。

鍾明亮被打傻了，摀著發疼的臉頰，傻傻地看著站在自己眼前的男人。

「老子叫你閉嘴啊！」梁又庭粗喘著氣，雙眼滿是血絲，臉孔因憤怒漲得通紅，一臉扭曲，讓他看起來就像吃人的惡鬼，「袁和田怎麼看都是自殺的，世上才沒有鬼！」

「就是方知華，就是方知華……」鍾明亮如同跳針的唱片，只不斷重複著這個名字，「方知華眞的回來了，第一個是袁和田……接下來會是誰……不行，不可以待在這裡，留下來會被殺掉的！」他驚慌失措地轉身欲衝回房間拿行李，卻猛地被梁又庭拽住後衣領。

「我說沒鬼就是沒有鬼！你敢走就試試看！」梁又庭作勢要再揍鍾明亮一頓，但從他刻意放大的吼聲中，不難看出其實也有了幾分動搖。

「你們夠了！」邵英傑與葉素馨一起走出來，反手關上門，徹底隔絕房內景象，「都什麼時候了還吵不停？」

「幹！是我要吵嗎？還不是這小子胡說八道！」梁又庭面帶忿色地說道，又如同要說服自己般加重語氣，「這世上哪來的鬼，現在走掉的人才是膽小鬼！你們幾個最好一個都不要給我逃，我見一個揍一個！」

鍾明亮求救般地看向邵英傑，「不能走的話，那……現在要怎麼辦？」

邵英傑沉重地吐出幾個字。

「報警吧。」

在這麼一個風雨加交的深夜，邵英傑打電話報警了。

警察說了會盡快趕過來，但話裡話外能聽出他們目前人手不足，這個「盡快」究竟能多快……只怕也是難保證。

這代表著在這之前，他們都得和袁和田的屍體共處在一間屋子裡。

報完警後，邵英傑打算打電話通知袁和田的家人，可他只有袁和田的手機。問了一圈，其他人也都沒對方家人的聯絡方式。

鍾明亮更直言，袁和田父母早就搬離鹿港，不曉得現在搬到哪去了。

一夜之間突然失去一位朋友，邵英傑心事重重，難以入眠，他喊住眾人：

「袁和田的事……你們怎麼看？」

梁又庭擺明不想討論這個話題，臉色難看得很，「他自己要死干我們屁事！幹嘛？人都死了，你難不成還想搞個談心時間嗎？算了吧，都多久沒聯絡了，用不著現在再裝感情有多好。」

「什麼裝……」邵英傑惱怒地瞪向梁又庭，「再怎麼說袁和田都是我們朋友。」見梁又庭一副只想擺脫麻煩的模樣，他一時口不擇言，「該不會就像鍾明亮說的，你是怕方知華……」

「方你老木！你給我閉嘴！」梁又庭眼裡布滿血絲，看起來恐怖嚇人，他舉起拳頭，似乎下一秒就會砸上邵英傑的臉。

「阿傑你冷靜！」葉素馨忙不迭將邵英傑往後拉，就怕對方拳頭真的砸下來。

「能不能趕緊回房間？」鍾明亮不安地搓搓手臂，不時東張西望，就怕有什麼可怕東西出現在周邊。

現在只有密閉的房間能帶給他一些安全感。

邵英傑看出梁又庭和鍾明亮擺明對袁和田的死避之唯恐不及，他抹了一把臉，放棄討論的心思。

「……算了，你們去睡吧，我留下來等警察。」

「你眼皮都在往下掉了……」葉素馨不贊同地說，「反正我們睡一樓，要是警察來了也能馬上知道，你先回房睡一下吧。」

邵英傑拗不過女友的堅持，只好同意。

他以前的房間被用來放置袁和田屍體，鍾明亮自然不可能再回到那裡睡。

「打死我都不要跟屍體睡同一間！」鍾明亮的情緒稍微冷靜了些，但說什麼都不願再靠近那裡一步。

「現在也不可能讓你去那睡……」邵英傑揉揉額角，目光投向梁又庭。

「別想讓他再來我們這間，他打呼吵死了。」梁又庭雙手抱胸，嫌棄之色溢於言表。

邵英傑還在想著怎麼重新分配房間，鍾明亮就先把主意打到邵欣欣頭上。

「欣欣是一個人睡嘛，大不了我就跟她……」

邵欣欣臉色瞬變，不待她生氣反對，邵英傑已先惡狠狠瞪了鍾明亮一眼。

「少胡說八道了！」

「……我就只是隨便說說。」

還是葉素馨提出辦法，「不然這樣好了，我去跟欣欣睡，英傑你跟鍾明亮睡。欣欣，這樣可以嗎？」

邵欣欣雖然看起來不太願意與其他人共享空間，但非常狀況下，只能勉爲其難。

重新分配好各自休息處，眾人又回到房裡，畢竟他們現在除了等待也別無他法。

「可惡，這床硬死了……我怎麼那麼衰，早知道就別回來了。」鍾明亮躺在床上依舊碎唸個不停，聽得出話裡是滿滿的懊悔，「你說方知華下一個會找誰？肯定是梁又庭，當初就是梁又庭把人引到臭水溝裡的。我也沒對方知華做什麼事啊，要報仇不該來找我吧，拜託千萬別來……」

要是時間能倒轉，鍾明亮絕對不會腦子發熱，跟著其他人一塊回到鹿港。管那封恐嚇信裡寫了什麼，不回鹿港就不會發生這些事，要死也只會是別人，他根本用不著被困在這裡擔心受怕。

邵英傑沒理他，現在多說什麼都沒用，袁和田已死是無法改變的事實。說半天得不到回應，鍾明亮似乎也說累了，要邵英傑不准把房間燈關了後就翻個身，枕著手臂閉眼睡覺，沒過多久就傳來響亮的打呼聲。

邵英傑這下知道梁又庭爲何那麼嫌棄鍾明亮了，對方的鼾聲簡直像滾滾雷聲。不像鍾明亮那麼快就能入睡，邵英傑丁點睡意也沒有，發生了袁和田上吊自殺的事，他的心情至今難以平靜。

鍾明亮的叨唸不是沒在他心裡留下痕跡，縱使再怎麼想否認，可一再平空出現的竹掃帚，堅持著明早就要離開、卻突然選擇上吊的袁和田，還有……

玩觀掃帚神時，忽然身不由己、被奪走身體掌控權的自己。

所以……眞的是方知華？

他是想要報復他們這幾個老同學嗎？因爲二十年前他們把他丟在……

邵英傑搖搖頭，強制自己不要再想下去。爲了轉移注意力，他下床蹲在櫃子前，憑記憶在櫃子中找出一本相簿。

相簿裡不少照片已經泛黃、褪色，大部分都是邵英傑國小、國中的照片，有家庭照、個人照，也有一些風景照。

翻到下一頁時，邵英傑忽然目光一凝，直直地看著其中一張照片。

那是一張很普通的照片，就像隨手亂拍的路邊風景。是舊港溪。

還沒有經過整頓、兩邊長著雜亂草叢的舊港溪。

電光石火間，梁又庭在客廳裡的抱怨躍出腦海。

「管他有沒有覩到，反正他會死在溪邊又不是我們害的。」

溪邊、溪邊……但方知華，不是淹死在溪裡嗎？

不、不可能吧……邵英傑手一抖，失手掉落相簿，在地面砸出一記悶響，被鍾明亮震天的鼾聲蓋過去。

鍾明亮咂咂嘴，鼾聲停頓了下，很快又如雷大響。

邵英傑沒有馬上彎身拾起相簿，他的思緒此刻一片混亂，先前與葉素馨的對話不停浮現在腦海裡。

「那一天我們都離開了，沒人留下來。」

「你怎麼確定沒人留下來？」

……淹死在溪邊。

……淹死在溪邊。

邵英傑感覺腦子要爆炸了，他使勁拍下臉頰，轉身大力搖晃呼呼大睡的鍾明亮。

那麼多年前的事了，他只記得方知華是意外淹死在舊港溪裡，但鍾明亮也許記得更多。

「鍾明亮！喂，鍾明亮！」邵英傑放大音量，推晃鍾明亮的肩膀，「鍾明亮你快醒來！」

「啊？什麼？」被打斷睡眠的鍾明亮迷迷糊糊地睜開眼，一見是邵英傑在吵，他緊皺著眉頭，不悅地揮開對方的手，翻身想再睡去。

「鍾明亮！」邵英傑只好大喝一聲。

「啊！什麼事！」鍾明亮被這驚天一喊嚇得彈坐起來，慌張地抓著被子，「發生什麼事了？又有人死了嗎？」

「沒人死。」邵英傑加重語氣說，「我有事要問你。」

鍾明亮的心臟還急促地怦怦跳著，他瞪著邵英傑的臉一會，見對方沒半點開玩笑的意思，他呻吟一聲，恨恨地拍了下床板。

「吼，你是故意的吧……有什麼事非得現在問不可嗎？」

「很重要，非常重要。我問你，你還記得方知華……的屍體是在哪被發現的嗎？」

鍾明亮本來還有些渾沌的腦袋在聽到方知華的名字後，瞬間清醒。

「你爲什麼非得在這時候問這種事……」鍾明亮用力搓揉著臉，順道把黏在眼角處的眼屎抹去。

「你記得嗎？你還記得多少？」

鍾明亮很想說自己不記得，但面對邵英傑迫人的眼神，只好認命地回想，「是在臭水溝……就是在舊港溪裡被發現的，在我們玩觀掃帚神那邊。」

「你確定？沒記錯？眞的是在溪裡？」

「廢話，他是溺死的，你要我怎麼記錯？我記得那時候大人是這麼說的，他想走上岸的時候打滑，結果往後摔，後腦撞到石頭，爬不起來，所以最後才會溺死在溪裡面。你突然問這個是想幹嘛？你知道怎麼阻止方知華來找我們復仇了嗎？」

邵英傑沒回答鍾明亮的追問，只覺腦中一團混亂。梁又庭當時說是溪邊，是一時口誤，還是說……

「沒事了吧？沒事我要再睡了。」鍾明亮打了一個大大的呵欠，倒回床墊，誰都別想再妨礙他睡覺，「除非方知華眞的出現，不然你別再……」

叩叩。

門外冷不防傳出一道敲門聲。

夜深人靜、窗外風雨漸歇的當下，那道聲音顯得格外清晰。

鍾明亮驚慌地看向邵英傑，「誰？誰在敲門？喂，邵英傑，你應該有鎖門吧？」

「說不定是小馨，你別緊張。」邵英傑嘴裡這麼說，心裡卻有些七上八下，因爲敲門聲過後外頭就不再有動靜，「小馨，是妳嗎？還是欣欣？梁又庭？小天？」

邵英傑把所有名字喊過一輪，然而門外仍是安安靜靜，彷彿敲門聲只是錯覺。但邵英傑和鍾明亮都有聽見，總不可能兩人一起產生幻覺。

邵英傑舔舔嘴唇，一個名字來到嘴邊，猶豫再三後，還是戰戰兢兢地喊出來。

「……方知華。」

鍾明亮寒毛豎起，棉被不自覺抓得更緊，就怕門後眞的傳來什麼回應。

門外依舊沒有任何聲響。

邵英傑深吸一口氣，下床來到門邊，握住門把，隨後一鼓作氣地把門打開。

門外什麼人也沒有。

邵英傑提起的一顆心正要放下，又因爲瞄見腳下事物霎時重回嗓子眼。

他呼吸一滯，心跳似乎也漏了一拍。

他們的門口，靜靜地橫倒著一支竹掃帚，柄端帶著些許暗紅。

「怎麼了？外面有什麼嗎？」被邵英傑身影擋住，鍾明亮不曉得門外情況。

邵英傑心臟跳得飛快，他不知道竹掃帚為什麼又出現了，在袁和田房裡發現的那支……照理說留在那邊沒動，也可以說是沒人敢動。

可這支柄端染著紅的掃帚，看起來就像是袁和田房裡的。

這是什麼意思？是什麼暗示嗎？

邵英傑的身體比大腦快一步有了動作，他抄起竹掃帚，三兩步跑上二樓，把鍾明亮緊張的叫喊拋在身後。

他目標明確，就是直衝到放置袁和田屍體的那個房間。可是當他喘著氣站在那扇緊閉的房門前時，心裡卻又浮現一絲猶疑。

門後會有什麼？除了袁和田的屍體外，難道還會有別的東西嗎？

正當邵英傑遲遲下不了決心之際，門後驟然傳出玻璃碎裂的聲響。

邵英傑心頭一驚，不假思索地打開門，按下牆壁上的電燈開關。

燈光大亮的房間裡，袁和田的屍體就放在地板上，被一張床單蓋住。

想到廚房裡的狀況，邵英傑第一時間看向窗戶玻璃，那裡安然無事，玻璃上沒有任何破洞。

他鬆口氣，視線再飛快環繞房內一圈，果然沒再看見那支柄端染紅的竹掃帚，接著雙眼定格在桌子上。

袁和田的包包還放在桌子，那時大家一團混亂，被他突然自殺的事衝擊得緩不過來，連帶沒多留意他帶來的行李。

依照邵英傑的個性，他本來也不會想要去動袁和田的東西，就留著等他家人過來再處理。可包包旁邊的馬克杯不知怎地碎成了好幾片，裡頭的水全流向了包包。

邵英傑不太記得他們之前進來房間的時候，桌上有沒有杯子，但看到那個破裂的馬克杯，他瞬間想起方才在門外聽見的聲音。

他剛剛聽到有東西碎掉的聲音，就是這個杯子嗎？

邵英傑下意識又張望一遍，房裡除了袁和田的遺體，就只有他自己。

換句話說，杯子是突然自己碎的。

但爲什麼？

邵英傑的目光從杯子再移向旁邊的包包，鬼使神差地，他伸手探向那個包，想把它拿到一旁避免再沾到更多的水。

其實他還想趁機拉開拉鍊看一下包包裡面，可他沒想到包包一拎起，就看到一封信被壓在下面。

信封被水漬染濕一半，好在信上的字沒有糊掉。

但就因爲信上的每個字都清清楚楚，才讓迅速看過一遍的邵英傑手指發顫，整個人如遭雷擊。

那是一封遺書。

袁和田留下來的遺書。

如果他們之前沒有太過慌亂，或許就能早一點發現了。

可是現在，邵英傑又覺得這一切都是冥冥中註定好的。

突來的敲門聲，曾在袁和田房裡出現、又平空跑至他們房門前的竹掃帚，還有剛才在門外聽見的物品碎裂聲。

無一不像暗中有股無形的力量，指引著邵英傑前來這裡，發現這封被壓在包包下的遺書。

發現……二十年前被隱瞞的眞相。

看完信的邵英傑一陣發暈，讓他不得不先坐到床邊，他捏著那封信，低垂著頭，呼吸變得沉重。

誰能想得到，方知華當年溺死在舊港溪的這樁意外……居然眞的另有隱情。

還有梁又庭也根本不是一時口誤，才會說方知華是死在溪邊。

因爲他對那時候發生的事心知肚明。

因爲他就是……

始作俑者。

邵英傑把信放一邊，雙手用力地耙抓著頭髮，眼裡浮現一絲痛苦神色。

袁和田的遺書開頭是滿滿的懺悔，對方知華的懺悔。

懺悔著自己在那一晚袖手旁觀，沒有阻止梁又庭動手，最後甚至還成了梁又庭棄屍的幫凶。

沒錯，棄屍。

原來二十年前那一晚，在大夥各自騎車離去後，梁又庭和袁和田竟又折了回去。

不是梁又庭突然良心發現，覺得不能放方知華一人在那，而是他掉了東西在溪邊，所以才強迫跟他同路的袁和田一起回去。

但沒想到他們下堤岸到溪邊的時候，正巧碰上了清醒過來的方知華。

任誰被朋友惡整，又孤伶伶地被丟下不管，肯定都會有火氣。

就算是脾氣好的方知華也一樣。

如果這時在場的是其他人，或是只有袁和田，大多會因爲自己理虧而向方知華道歉的。

可偏偏碰上的是梁又庭。

梁又庭哪可能會跟人道歉，他是屬於全世界就他最有道理的那種人。加上他平時私下看不太上方知華的好學生做派，覺得他只會在師長面前裝模作樣。

面對方知華的質問，梁又庭自然沒什麼好態度。

於是衝突就這麼爆發了。

袁和田不敢勸阻梁又庭，就怕自己被波及成了遷怒對象，只能站在一旁傻傻地看著兩人從爭執變成動手推搡。

方知華的體格和力氣自是比不過高壯的梁又庭。

血氣上來的梁又庭更是不會控制力道，一個失手就把人狠狠推倒在地。

方知華就這麼倒地不起。

梁又庭一開始還以爲方知華是裝的，好一會見人都沒有反應，才意識到事情不對勁。

袁和田見方知華人倒在溪邊就傻了，梁又庭命令他去檢查方知華的狀況，他連連搖頭不敢靠近。

最後還是在梁又庭的威嚇下，戰戰兢兢地上前推晃一下方知華。

方知華仍是一聲不吭，動也不動。

袁和田心驚膽跳地伸手往方知華鼻間一湊，驚駭地發現對方居然沒有呼吸了。

他驚慌失措地向梁又庭大叫，直嚷著方知華死了，連呼吸都沒有了。

梁又庭才不相信袁和田的話，他覺得他沒有很大力，是方知華自己太弱才會被推倒的。

但當他伸出手放在方知華的鼻子前面，眞的什麼也沒有感受到，接著他和袁和田看見有血從方知華的後腦向外溢出，染紅了旁邊的石頭。

梁又庭和袁和田終於反應過來，方知華那一倒，腦袋撞上石頭，人就這樣死了。

袁和田嚇得腿軟到站不起來，他只是個國中生，面前有人死了，還是自己的同學，讓他陷入巨大恐慌。

他反射性想要回去找大人，卻被梁又庭惡狠狠地阻止了。

袁和田看過許多次梁又庭威脅人的模樣，但從來沒有一次如同眼前這樣，表情猙獰，宛如惡鬼。

那是一看就讓人永遠忘不了的恐怖眼神。

袁和田在那一刻甚至覺得……梁又庭眞的敢殺人。

要是自己不照著做，說不定會被殺的！

在梁又庭的脅迫下，袁和田只能和他一起把方知華的屍體搬到溪裡，又將溪邊染到血的石頭全扔到水裡去。

最後他像逃命一般地跑走，再也不敢看舊港溪一眼，就算隔天得知方知華被人在溪裡發現，也不敢洩露一絲訊息。

他不想被梁又庭殺死，也不敢再繼續當梁又庭的跟班。

而自從方知華死後，他們這個小團體也跟著不那麼緊密，他突然不再當梁又庭的跟屁蟲也不會令人生疑。

袁和田原本是想把這個祕密爛在肚子裡的，可是方知華在二十年後寄信過來了。

方知華終於來找他們復仇。

邵英傑捏著那封遺書，久久不能自已。

袁和田在最後寫著方知華要他的命他也沒話說，但他藏在心裡那麼久的祕密，不能隨著他的死去從此不見天日。

他必須說出二十年前的眞相。

方知華當年會死，都是他和梁又庭害的。

對了，梁又庭！

邵英傑心頭猛地一震，袁和田死了，那下一個……不就輪到梁又庭了嗎？

方知華連幫凶都不放過了，有可能會放過當年真正害死他的人？

這個問題不用想，答案直接浮現心頭。

將信塞到口袋裡，邵英傑不敢再有任何耽擱，拔腿就往梁又庭住的房間衝去。

「喀」的一聲拉開拉環，梁又庭大口大口地喝著啤酒。

酒是鍾明亮先前拿過來剩下的，早就不冰了，喝起來味道不怎麼樣。

要是換作平常，梁又庭才不會忍受自己喝常溫酒。

但樓下冰箱沒冰塊，都三更半夜了，他也不可能自己跑去街上的便利超商買。

梁又庭不是沒考慮過要自己兒子跑腿，可一想到如果他出門了，那麼房間裡就只剩下自己一人。

袁和田就是獨自一人待在房裡的時候……

梁又庭的手微顫，啤酒罐也跟著晃動一下，他又想起袁和田被吊在房裡的畫面。

袁和田沒有呼吸、沒有動靜，皮帶緊緊勒著他的脖子，讓他看起來像個龐大的肉塊被垂掛在空中。

房間沒有外人入侵的跡象，袁和田怎麼看都像是自殺。

可是他的房裡卻出現竹掃帚。

而且袁和田……真的是自己選擇上吊的嗎？

是方知華……不可能、不可能，世界上不可能有鬼的！

梁又庭又灌了一大口啤酒，他喝得太急，不小心嗆到，咳了好一陣才停下來，嘴邊全是濺出的酒沫。

他用手背擦擦嘴角，抬眼就看到梁宇天縮在房裡的小沙發上，眼神膽怯，一撞上他的目光就反射性低下頭。

這模樣讓梁又庭看了火氣生起，他就是看自己兒子這副沒用的模樣特別不爽。

「看什麼看，是不會過來幫我開酒喔！」梁又庭將喝空的酒罐捏扁，往梁宇天砸過去，「是手斷還是腳斷了，還不快點過來！」

梁宇天不敢躲避，往常他一躲，得到的只會是更粗暴的對待。任憑酒罐砸上自己，他慌張地跑到梁又庭身邊，照著對方的命令打開了一罐酒。

梁又庭看也不看地伸出手，待啤酒被放至自己手中，他接過又猛灌幾大口，好似想藉著喝酒壓制心底深處不住冒出的驚懼。

窗外被風吹動的枝葉冷不防打上窗戶，發出「啪」的聲響，梁又庭險些驚叫出聲。他猛地看向窗邊，意識過來是什麼聲音後，緊繃的身體才慢慢放鬆。

但只要稍有風吹草動，他就如臨大敵地四下張望，就怕房裡出現不尋常的動靜。

幾番折騰下，梁又庭身心俱疲，瞥見兒子還像根木頭一樣站在旁邊，只會替自己拉開拉環，頓時更是看他不順眼。

「把沙發搬過來，你就坐在那邊整晚不准睡！」

梁宇天瑟縮了下，不敢反抗地依言照做。

「給我好好守著，要是被我發現你睡著了，老子就打死你！」梁又庭粗聲罵道。

身旁有人待著似乎讓梁又庭稍微放心一些，喝到後來，他的眼皮慢慢蓋住眼睛，空酒罐從他手裡滑落。

接著頭一歪，歪歪斜斜地倒在床上睡著了。

梁又庭作了一個夢。

夢裡他回到二十年前的那一晚，回到瀰漫著臭氣的舊港溪。

夢到他和袁和田費力地搬著一個重物，他們累得直喘氣，但還是挪動著腳步往溪邊慢慢靠近，直到距離溪水只剩一、兩步的距離。

他手臂使勁，肌肉和青筋鼓起，面龐漲紅，用了九牛二虎之力，總算把那個重到不行的東西拋進溪裡。

平靜的水面瞬間因重物落入濺起一陣水花，飛射的水珠噴到他的臉上、手臂，臭得讓他扭曲一張臉。

但他顧不得爲此開罵，一雙眼睛飛快朝溪裡看去。

那個東西很快便因自身重量開始下沉，只要再一會兒就能沒頂。

要沉下去了……快沉下了，快點沉下去啊！

但始終還有一部分漂浮在水面上，遲遲不肯沉入水裡。

他內心焦灼，連忙又往前幾步，手電筒往溪面一照，想看清楚究竟是怎麼回事。

當燈光照到那張蒼白的臉，一直緊閉的雙眼霍然睜開。

方知華正怨恨地瞪著他不放！

梁又庭被自己的惡夢嚇醒，可他不敢馬上張開眼睛，他的心臟跳得猛烈，用力到像能從胸腔裡撞出來，呼吸在這一刻變得困難，每一次呼吸都像要費上不少力氣。

梁又庭以爲是惡夢的影響，連忙默唸各路神仙的名字，媽祖、關公、觀世音菩薩、耶穌基督。

恍惚中他好像聽到有人說話，聲音又低又糊。

是小天嗎？他在說話嗎？但他是在跟誰說話？

梁又庭想要掀開沉重的眼皮，但雙眼實在太重了，好不容易撐開一條縫，只能瞧見模糊的光影。

下一剎那，說話聲更清楚了。

不對，那不是自己兒子的聲音，聽起來像是小孩子。

而且那也不是在說話，更像是……唸歌。

「掃帚神，圓輪輪，招你山頂挽樹藤，樹藤變掃帚，掃帚眞有神。」

梁又庭起初還沒反應過來歌聲的內容是什麼，反射性豎耳聆聽，小孩子的嗓音絲絲縷縷地鑽進了他的耳內。

「掃帚神，圓輪輪，招你山頂挽樹藤，樹藤變掃帚，掃帚眞有神。」

梁又庭聽出來了，恐懼爬上他心頭，滲滿他的四肢百骸。

那是請神咒，是用來觀掃帚神的請神咒！

爲什麼會有請神咒？有人在整他嗎？誰敢故意整他？

邵英傑、鍾明亮，還是邵英傑的女友或妹妹？

幾人的名字在梁又庭腦中跑過一輪，唯獨一個名字他不敢想，彷彿只要一想，那個名字的主人就眞的會出現。

請神咒變得更大聲。

梁又庭如墜冰窖，手腳失了溫度，他忙不迭地想要向房內的另一人求救。

「小天、小天……」梁又庭以爲自己是大吼出聲，但從他嘴中發出的卻是虛弱的呻吟，弱到連他自己都聽不眞切。

這是怎麼回事?他的身體發生什麼事了?梁又庭心慌意亂,懼意不斷如潮水一波波拍來,拍得他腦袋發暈。

梁又庭驚恐地發現自己的手腳竟動彈不得,身體更是重得不像自己的,行動能力彷彿被不明力量剝奪。

他吃力地睜大眼睛,抬起昏沉的腦袋,想要看清楚周圍是怎麼回事。

他看見的是自己兒子驚惶無比的眼神。

梁又庭的嘴巴像離水金魚般張張合合,一雙眼睛越瞪越大,用力到眼珠子像要從眼眶裡擠出來一樣,但他的瞳孔則因恐懼而遽然收縮。

梁宇天就縮坐在沙發裡,全然不敢動彈,他面色蒼白,臉上表情畏懼無比,如同看到什麼恐怖景象。

邵英傑幾個邁步就來到以前母親的房間,如今暫借梁又庭父子使用。

房門關得緊緊,門縫下有光線透出。

房內人可能還沒睡,也可能是沒有關燈。

「梁又庭!梁又庭!」

邵英傑也不管現在幾點、其他人是不是都睡了,他猛地敲著房門,扯著喉嚨大聲喊梁又庭的名字。

咚咚咚！咚咚咚！

急促的敲門聲在夜間猶如急雷迴盪在走廊上，響徹整棟屋子。

梁又庭房內尚未傳出動靜，反倒旁邊的房門先被打開。

「怎麼了……」葉素馨呵欠連連，但還是極力強打起精神，「阿傑你幹嘛啊？」

邵英傑沒心思對自己女友多解釋，繼續大力敲著門板。

「阿傑？喂，阿傑？」葉素馨被自己男友的反常嚇了一跳，「怎麼了？你怎麼忽然……」

邵欣欣也從房裡出來，臉色看起來還有些憔悴，顯然今夜讓她飽受不少驚嚇。

「到底怎麼了？又、又發生什麼事了？」一樓的鍾明亮也跑上來了，跑得上氣不接下氣，最後乾脆扶著牆壁大口喘氣，「你上來就是……爲了找梁又庭嗎？」

見邵英傑敲門敲了老半天，房裡也沒傳出丁點聲響，幾個人開始覺得不對勁。

「梁又庭！小天！」葉素馨跟著一起喊。

「他們該……該不會也出事了吧？」鍾明亮憶起先前他們發現袁和田屍體前的情況，面色一白，牙齒開始打顫，「難道說方……」

「阿傑，門有鎖嗎？」葉素馨反應過來，連忙提醒。

邵英傑一愣，隨即飛速轉動門把，成功一轉到底。

房門原來沒有上鎖。

邵英傑急急推門而入，但他的雙腳只邁動一步就被釘在原處，所有聲音剎那間全哽在喉頭處，他張著嘴，彷彿驟然失去了發聲能力。

梁又庭還在房裡。

他就吊在半空中，頭顱低垂，一動也不動，一看就知道已失去生命跡象。

邵英傑如同被人迎面重重打了一拳，短暫發暈。

來不及了。

梁又庭死了。

房間的燈是開著的，外面的人能夠把裡面的光景看得一清二楚。

自然看見了梁又庭吊在房內的景象。

梁又庭的模樣與袁和田不太一樣，他眼珠暴突，五官猙獰，就像是曾目睹某種恐怖至極的畫面。

「啊！」一天裡歷經兩個人的死亡，讓葉素馨的心理防線再也承受不住，她尖叫一聲，整個人像是要站不住般晃了晃。

邵欣欣也沒有好上多少，她立刻扭頭退出房外，緊靠著牆壁大口大口地呼吸著，手指還微微發著顫。

鍾明亮沒有像之前那樣慘叫出聲，他腿一軟，直接跪在地板上，冷汗浸濕了他的衣服。

「又死了、又死了，梁又庭也被殺了……接下來是不是要換我了？」鍾明亮失魂般地不住喃唸。

那聲音讓邵英傑本就疼的腦袋更脹痛欲裂，他再也忍不住地厲喝一聲，「不會再有人死了！都結束了，已經結束了！」

「什麼？」鍾明亮茫然地抬起頭，他眼眶通紅，臉上還有未乾的淚痕，原來他剛剛嚇得哭出來了。

「方知華想找的……」邵英傑深吸一口氣，艱澀地說出口，「就只有他們，只有袁和田和梁又庭。」

「什麼意思？你這話到底什麼意思？」鍾明亮焦急追問，原本被絕望覆蓋的眼裡亮起劫後餘生的希望。

「你先過來幫我。」邵英傑沒有多做解釋的意思，他走進房裡想將掛在半空的梁又庭放下來。

雖然邵英傑說他們不會有事，鍾明亮的一顆心仍忍不住七上八下。在邵英傑又一次的催促下，他才雙腿發顫地走進房裡，一起把梁又庭的屍體放下來。

就算是今天內第二次見到屍體了，可梁又庭的屍體一碰到地，鍾明亮馬上像火燒般飛速收回手，大步往後急退。

邵英傑喘著氣，沒理會鍾明亮，他隨手抓了件被子，想要先將梁又庭的屍體蓋住。當他視線觸及床上的兩顆枕頭時，驀地想到自己漏了什麼。

這間房是梁又庭父子暫住的，那梁宇天人呢？

房裡為什麼沒有見到梁宇天的身影？

邵英傑先前待在一樓房間，並未睡去，倘若有人出門離開屋子，他不可能沒有發現。

所以梁宇天應該還在屋子裡，但他會跑到哪裡？

「小天？小天？」邵英傑剛叫了幾聲，就聽到後方衣櫃傳來異響。

邵英傑先是一愣，接著意會到什麼，一個箭步上前打開櫃門。

以為不見的少年就躲在衣櫃裡，他蜷縮著手腳，瘦弱的身子不停發顫，臉上沒了血色。

櫃門突然被打開讓梁宇天重重地晃了下，如同驚弓之鳥，一丁點動靜都會讓他往衣櫃裡面縮。

見梁宇天安然無事讓邵英傑鬆了口氣，他試圖用平緩的語氣安撫，「小天你還好嗎？」

梁宇天只是用一雙驚魂未定的眸子看著他，嘴唇顫顫，像是想說話。

「先出來好嗎？沒事的，你安全了。」邵英傑伸出手，想將人拉出衣櫃。

梁宇天搖搖頭，嘴唇還在顫動，但這一次他成功擠出聲音了。

邵英傑聽到少年嘶啞地說：

「被吊起來了……爸爸被吊起來了，他被吊起來了……」

後來是葉素馨和邵欣欣上前哄著，才成功讓梁宇天從藏身的衣櫃裡出來。

只是當邵英傑詢問房裡到底發生了什麼事，除了最開始說的那句話之外，梁宇天都閉口不言，神色惶惶如驚弓之鳥。

問不出個所以然，邵英傑也不再追問，可心裡卻有了自己的答案。

短短一晚連續兩人死去，即使再怎麼疲累，也沒人睡得著了。

二樓的兩間房都放著屍體，於是幾人轉移陣地，全都到客廳待著。

梁宇天則被邵欣欣帶到一樓房裡，由她陪著。

客廳頓時只剩下邵英傑、葉素馨和鍾明亮。

「喂，英傑，你剛在樓上說的……方知華只想找袁和田和梁又庭是什麼意思？」稍微恢復平靜後，鍾明亮想起這事，「這是說他不會找我們兩個嗎？我不會死了？」

「對，他的目標只有他們兩個……」邵英傑把臉埋進掌心裡，悶聲地說。

「太、太好了……」雖說不知道邵英傑爲何能如此肯定，但一聽到自己能逃過死劫，鍾明亮難掩狂喜，嘴角忍不住往兩邊咧開，接著新的疑惑不禁湧上，「可是爲什麼？爲什麼只找他們兩個？我們當年明明也有一起玩……」

邵英傑抬起頭，扔出無異於重磅炸彈的消息，「當年害死方知華的——就是梁又庭，袁和田則算是幫凶。」

「什麼！」鍾明亮驚得險些跳起，「你說什麼？方知華不是自己溺死的嗎？」

邵英傑不想再多費唇舌，他拿出袁和田留下的那封遺書，擺上桌面，「我在袁和田房裡找到的，你們自己看吧。」

鍾明亮一把搶過，迅速看起，越看越驚恐，最後忍不住沁出一身冷汗。

他作夢也沒想到，二十年前的那場意外，居然不是眞的意外。

葉素馨也看完了信，嘴巴動了動，像是想說什麼，最後還是沒說出任何話。

「他們兩個瘋了吧……不對，瘋的是梁又庭。」鍾明亮乾巴巴地說，「當年我們才幾歲，他竟然能做出那種事？」

「誰知道？有時候往往就是一時衝動，結果造成無法挽回的後果。」邵英傑低聲地說。

當事人都已經死了，再怎麼討論也無從得知對方當年想法。

一時客廳陷入靜默。

鍾明亮舔舔嘴唇，忽然開口，「那個啊……你說我們要不要再玩一次觀掃帚神？」

「你發什麼神經？」邵英傑不敢置信地瞪了一眼。

「我不是發神經，我只是在想……」鍾明亮撓撓臉，說出盤踞在心裡的猜測，「你還記得當年……就是二十年前我們一起玩觀掃帚神的時候，曾說好一人玩一次。」

太過遙遠的記憶，邵英傑花了一點時間才想起似乎有這麼一回事。

他們說好每個人都要玩一次，但最後只有方知華一個人玩。

邵英傑不知不覺被鍾明亮說的話吸引。

「既然方知華的目標只有袁和田跟梁又庭，卻連我們倆也被叫來了……所以我在想，他會不會是希望，我們玩完觀掃帚神？」

這怎麼看都是鍾明亮自己的猜測，畢竟誰有辦法知道一個死了二十年的人在想什麼，也沒人可以和鬼魂通話。

但或許是爲了安自己的心，也或許是想替整件事做個了結，邵英傑最後還是點點頭，與鍾明亮玩起了觀掃帚神。

這是屬於他們當年沒完成、一直持續至今的遊戲，因此葉素馨只在旁邊看著。

廚房裡的竹掃帚仍在，之前買的香也還剩下一把。

鍾明亮先玩，整個過程沒有發生異狀，邵英傑請神咒唸到口乾舌燥了，對方的身體依舊一動也不動。

十幾分鐘過去，鍾明亮無奈地抬起頭、攤攤手，表示他就是進入不了狀況。最後他們妥協當鍾明亮玩過了。

輪到邵英傑時，他閉起眼，額頭抵上竹掃帚的柄端，心中有種莫名的直覺，有什麼事情將要發生。

果然，就在鍾明亮請神咒唸到第三次時，他的身體忽然不受控制地前後左右搖晃，接著自己站了起來。

這感覺就和之前在客廳玩觀掃帚神一樣，邵英傑的身體再次失去控制。

他可以感受到自己往某個方向前進，耳邊是葉素馨驚疑的抽氣聲，還能聽見鍾明亮結結巴巴地嚷著「怎麼又不跟香走了？爲什麼又是往門邊？」。

邵英傑覺得自己的頭撞上了門板，一下一下又一下。

「他這是幹嘛？」鍾明亮拿著香，不明白邵英傑怎麼就是不跟著香走。

「他是不是要出去？」葉素馨反應快，馬上打開前門。

她猜的沒錯，前門一打開，原本不斷以頭撞門的邵英傑腳步一個踉蹌，但很快穩定身勢，邊掃著地邊往外移動。

屋外還在下雨，但雨勢減緩許多，不再帶著一股鋪天蓋地的氣勢。

葉素馨和鍾明亮見邵英傑如同被一股力量牽引著向外走，也不管外邊雨未停，跟著跑出屋外。

在低頭又閉眼的狀況下，邵英傑走到室外後就分不清東南西北，他只知道自己還在不停地往前走，竹掃帚在地面發出沙沙沙的聲音，掃動積水，帶出一蓬蓬水花。水浸濕了邵英傑的鞋子，滲入他的鞋襪，寒意如針般侵入體內。

邵英傑全然不曉得自己會被帶到哪裡，他繼續往前走，一步兩步三步……接著雙腳驟然停住。

這是……走到哪裡了？邵英傑滿心疑惑，不是沒想過要睜眼偷覷，可眼皮如同被塗了膠水，黏得死緊。

還是從葉素馨和鍾明亮的驚呼困惑中得到解答。

「樹？爲什麼來到樹前？」

「這是雞蛋花吧……到這裡就不走了，但掃帚還是不停地在這裡掃。」

雞蛋花？邵英傑腦海中立刻浮閃過畫面，是栽種在老家旁邊那幾株緬梔吧。

「哥，你們在幹嘛？」邵欣欣聽見外頭動靜也走出來看，她站在門口，驚愕地看著在雞蛋花樹下彎著身、不停掃著地的兄長，「你們又在玩觀掃帚神!?」

「噓、噓。」葉素馨趕忙對著邵欣欣比一個小聲的動作，「阿傑他好像眞的被附身了，但他出來後就停在這不走了。」

「這地方難道有什麼東西嗎？」邵欣欣首先想到這件事。

「但怎麼看就只有樹……」葉素馨舉著手機，開著手電筒往樹上照射，細密的雨水在光線中變得格外清晰。

樹上只有葉子跟還沒被雨水打落的雞蛋花。

「等等。」葉素馨倏地靈光一閃，「難道說是樹下？樹下藏著什麼嗎？」

「欸？對、對耶！」鍾明亮越想越覺得這是正確答案，「英傑一直在掃同一個地方，所以是要我們挖看看那個位置吧。」

「欣欣，你們家有什麼可以挖土的嗎？」葉素馨問了一聲。

「我不知道，可能有鍋鏟之類的吧……」邵欣欣轉身就往廚房跑，沒一會眞的一手舉著傘，一手拎了一支鍋鏟出來。

確認過邵英傑仍一直重複同樣動作，葉素馨一把搶走了他的竹掃帚。

手裡東西突然沒了，邵英傑差點重心不穩地往前栽，他慌張地穩住身體，隨後反應過來體內的那股無形力量消失了。

綿綿細雨落下，打濕邵英傑全身，顧不得濕答答的，他急著想知道自己爲什麼會被牽引至此處。

「是這裡吧？」鍾明亮接過鍋鏟，用力往下挖。

泥土吸飽了水，早變得鬆軟，輕輕鬆鬆就能把土鏟起來。旁邊堆積的土越來越多，鍾明亮挖出的洞也變得更深，忽然間他驚叫一聲，感覺手裡的挖土工具碰到了硬物。

「有東西！真的有東西在裡面！」

邵英傑心急如焚，只想快點弄明白自己老家樹下究竟埋著什麼。他迫不及待地伸手往洞穴掏摸，不在乎弄得滿手泥濘。

不久後，一個髒兮兮的盒子被放在地上。

「這是……」葉素馨的手機光線照在盒子上，她想不出裡頭會裝著什麼。

盒上有鎖，但經過那麼久的時間早就鏽得差不多，不用花太大工夫就能打開。

邵欣欣把雨傘移到邵英傑頭頂上，免得雨水把盒內東西也打濕了。

在手機照明下，幾個人能看見盒子裡放著一個有些厚度的牛皮紙袋，上面寫著工整的字。

給媽媽和小花。

「給媽媽和小花？誰是小花？」鍾明亮納悶地問，「英傑，你們家有誰叫小花的嗎？」

「沒吧。」回答的是葉素馨，「阿傑家不就他跟欣欣兄妹倆？」

邵英傑神情恍惚，看著牛皮紙袋上的「小花」兩字，遙遠彼端的記憶像突然掀起的大浪，一個浪頭朝他重重拍來，把他拍入了幾乎褪色的過往當中。

乘著夜風，兩名少年並肩騎著腳踏車，有一搭沒一搭地閒聊著。

「小花個性很好，如果她在這裡，肯定能跟欣欣當好朋友。」

「對了，你之前說有寶物要藏在我家……」

「已經藏好了喔，趁你們沒發現的時候藏的，一個連你也不會發現的地方，等以後我再去你家挖出來。」

啊啊，他想起來了……小花是方知華的妹妹。

樹下的盒子，就是方知華當初說的那個寶物。

方知華是希望由他自己把它挖出來吧。

邵英傑打開牛皮紙袋，看見裡面有一疊百元鈔票，加起來大概幾千元那麼多。對在場的四個成年人來說不算太多，但對當時的國中生而言，也稱得上是一大筆錢了。

裡頭還有一個茉莉花髮圈跟一封信。

在心中向方知華道了聲歉後，邵英傑把信抽出來、攤開。

方知華工整地寫著這是他努力存下的零用錢跟獎學金，都是要給媽媽和妹妹小花的，他以後會更努力唸書，等畢業出社會後賺大錢。

信裡流露出幾分青澀稚嫩，但也看得出對未來的期許。

但是埋下這個寶物的方知華那時候一定不知道，他再也沒有以後了。

他的生命永遠定格在二十年前。

舊港溪的那一夜，將他的未來都奪走了。

邵英傑捏緊信，鼻間發酸，眼眶無法抑制地湧上熱氣，他好像聽到有人哽咽地喊了一聲「哥」。

那聲音很微弱，幾乎要融入夜色中。

邵英傑沒有抬頭，他想邵欣欣可能是喊他，也可能是在喊著她童年時曾經喜歡過的大哥哥。

雨在不知不覺中停了。

再過不久就要天亮了。

挖出方知華多年前藏於此地的寶物盒子後，幾人情緒格外低落，邵英傑和鍾明亮更是百感交集。

即使後來發生了這些事，但當初他們五人小團體的感情確實相當好。

如今也只能說人事全非。

不知道警方何時會上門，四個人討論一番，決定口供一致，就說他們是老同學聚會，卻沒想到情緒本就有點不穩的兩人酒後會萌生死意，以上吊結束生命。

方知華的事他們也打算瞞著不說。

一來警方不會相信鬼魂作祟，二來牽扯出二十年前的過往就必須交代出方知華的死亡，即使對方的死與鍾、邵兩人無直接關係，但他們拋下對方也是事實，說不定最後事情或風向會燒到他們身上，只會讓整件事變得更複雜麻煩。

二樓有兩具屍體，沒人想要回樓上休息，邵欣欣也不想回房間拿行李，她寧願等到警察來了再上去，起碼安心許多。

於是一樓房間讓給葉素馨和邵欣欣兩個女生休息，邵英傑和鍾明亮則在客廳裡將就一夜，也順道陪著梁宇天平靜下來。

邵英傑用手支著腦袋，本就倦怠的身心再也支撐不住，就算椅子靠起來硬邦邦的，他還是很快就睡過去了。

這一覺他睡得很沉，等到隱約感受到刺眼光線透入眼皮，他吃力地睜開眼睛，這才發現天已經大亮，日光大把大把地從窗外灑入，照亮了客廳的桌椅，地板。

這樣克難地睡了一夜，邵英傑身體都僵硬了，感覺自己彷彿變成關節許久沒上潤滑油的機器人，動一下都卡卡的。

邵英傑一邊苦悶呻吟，一邊完成了舒展肢體的動作。他站起來，全身都動一動，這才總算覺得好一些。

旁邊的鍾明亮還沒醒，五官皺成一團，看得出來他睡得也不是很好。

邵英傑拿出手機一看，都早上六點多了，他伸手推推鍾明亮，「起來了，都天亮了。」

鍾明亮痛苦地睜開一隻眼睛，「什麼亮了……」

「天、亮、了。」邵英傑重複一次，見鍾明亮醒來，也不再管他，轉身就要去刷牙洗臉。

沒想到頭往另一邊一轉，赫然發現一道身影正安靜地坐在椅子上看手機。

梁宇天換了一身衣服，還是維持著長袖長褲。

「小天！」邵英傑真的被嚇到了，「你什麼時候……」

「五點多。」梁宇天小聲地回答，雙眼快速望向邵英傑又垂下，「姊姊她們也起來了。」

邵英傑慢了一拍才反應過來他口中的「姊姊」是葉素馨和邵欣欣。

「她們兩個都還在房間裡嗎？」

「欣欣姊在後面，小聲姊還在房間裡。」

既然知道一樓房裡只有葉素馨，邵英傑也不敲門，直接推門而入。

他只是想進去拿個牙刷就出來，不巧正撞上葉素馨在換衣服。

雖說都是男女朋友了，該看的也都看過了，但邵英傑還是下意識道了聲歉。他目光正要移開，卻在不經意間瞥到一塊醒目的青紫。

「妳這怎麼回事？」乍見葉素馨胸口的瘀青，邵英傑嚇了一跳，緊張問道，「什麼時候受傷的？」

「這個啊……我也不記得了。」葉素馨把釦子釦上，遮住那一大塊瘀青，「可能是昨天太混亂，被誰撞到了吧。」

邵英傑回想著昨夜，不得不承認眞的是一團亂。

「我幫妳把瘀血推開吧。」邵英傑走到葉素馨身邊，想替她揉散瘀血，手才剛伸出去就被抓住。

「其實不痛，就是看起來有些嚇人。」葉素馨笑了笑，「家裡有消瘀血的藥膏，我回去再擦就好。」

「有嗎？」邵英傑嘀咕，「我怎麼不記得買過。」

「不是你買的，你當然不記得。」葉素馨捏捏他的手，「去洗把臉吧，警察應該也快來了。」

「還是記得先推一下，不然瘀血積著也不好。」出房門前他不忘記再交代，得到葉素馨拖得長長的一聲好。

邵英傑洗漱完後再回到客廳，卻發現只剩下梁宇天一人拘謹地坐著，沒有見到鍾明亮的身影。

「你鍾叔叔人呢？」邵英傑問道。

梁宇天顯然不擅長與人應對，說話時眼睛會不自覺地垂下，「他先離開了。」

「什麼？」邵英傑還以爲自己聽錯了，「他離開去哪？」

「他說，他要先回去了……」面對邵英傑突然拔高的聲音，梁宇天更緊張了，放在膝蓋上的雙手不停抓握，「他叫了計程車，剛剛才走的。」

邵英傑看著大敞的前門，外頭陽光燦爛，讓人難以想像昨夜的狂風暴雨。他嘆口氣，也懶得再去外面看鍾明亮走遠了沒有。

他只是沒料到鍾明亮跑得那麼快，警察都還沒過來呢。

「邵叔叔……」怯生生的喊聲倏地響起。

邵英傑一回頭，就看到梁宇天站了起來，放在腿邊的手指無意識地摳撓著褲管。

這畫面讓邵英傑感到似曾相識，他想了想，記起邵欣欣也常有如此小動作。

「邵叔叔，我剛打電話了。」梁宇天緊張地說，「我跟阿公、阿嬤說了。」

「你說了？你跟他們說了你爸……的事？」邵英傑吃了一驚，「上吊」兩字本要脫口而出，思及面前的少年是梁又庭的兒子，又把那兩字嚥了回去。

「對……」梁宇天不安地低下頭。

「我不是在怪你，我就是有些驚訝而已。」邵英傑放緩口氣，「他們狀況還好嗎？」

邵英傑比較擔心老人家會不會因爲這突來的噩耗受不了打擊。這也是他半夜不敢打電話聯絡他們的原因，而且他也不知道該如何說起……

梁宇天點點頭。

「你是怎麼跟他們說的？」

「就說……」梁宇天小小聲地說，「就說爸爸喝了很多酒之後，忽然自己上吊了。方叔叔的事……是不能說的對吧。」

「主要也沒人會信。」邵英傑苦笑一聲，要不是自己昨夜經歷過那一切，他也不會相信的，「你阿公他們沒追問嗎？」

梁宇天搖搖頭，「他們說……就這樣吧，上吊就上吊，都是他自己選的。」

邵英傑大吃一驚，梁又庭父母的態度擺明就是不想要追究，也不想多加理會，但這未免太不合理了。

在他記憶中，他們一向相當溺愛梁又庭，更何況梁又庭還是獨子。自己的獨子忽然上吊了，照理說應該會拒絕接受事實吧。

可是梁宇天偏偏又那麼說。

似乎是看出邵英傑沒說出口的疑惑，梁宇天沉默片刻，突然撩高了自己的袖子，「阿公跟阿嬤一直很怕會變得跟我一樣。」

邵英傑瞳孔一縮，梁宇天露出的小臂上遍布瘀青，還有凹凸不平的結痂跟傷疤。

邵英傑瞬間明白了。

梁又庭的父母深怕他哪一天失控到連他們都痛毆，他們對自己的獨生子早就產生了害怕之心。

「爸爸死了，我應該要難過……」梁宇天垂著眼，眼睫顫顫，「可是他再也不會打我了。」

邵英傑心情複雜，不知道該怎麼安慰這個一直被梁又庭暴力對待的孩子。

見梁宇天放下袖子，重新遮擋好傷疤，電光石火間，有什麼在邵英傑腦中閃現。

總是穿著長袖，皮膚摸起來凹凸不平。

有個人，跟梁宇天一樣。

欣欣！

邵英傑面容發白，呼吸一滯。他想說不可能的，可雙腿已率先往廚房邁出。

邵欣欣不在廚房裡。

邵英傑推開後門一看。

自己的妹妹仍穿著長袖，拿著手機對陽光下的竹掃帚這拍拍、那拍拍。

換作平時，邵英傑大概會取笑邵欣欣的行爲，但他現在的關注重點都在對方的長袖上衣上。

不，不只長上衣，還有長褲。

邵英傑恍惚地想著，好像打從邵欣欣搬來他那後，總是著長袖長褲或長裙。

邵欣欣瞄見邵英傑傻站在一邊，沒多看幾眼，繼續專心拍著竹掃帚的照片，這都是要當作畫圖素材的。

所以當邵英傑猛地抓住她的手，把她的一邊袖子使勁往上捲時，她一時沒反應過來。

等到她見到邵英傑瞪大眼，滿臉不敢置信，她才立即用力地把手抽回，拉下袖子，防備地狠瞪著他。

但邵英傑已經看到了。

邵欣欣的手臂不像葉素馨那樣光滑，上面有著多道燙傷後留下的疤痕，顏色偏淡，顯然是很久以前的疤了。

可這一切落在邵英傑眼中仍是怵目驚心。

「這是怎麼……」他嘴巴發乾，想要湊出完整的詰問，「妳的手爲什麼會……妳什麼時候燙傷的？還那麼多次！」

邵英傑很想說服自己那可能是邵欣欣以前不小心自己造成的，可內心一個微弱的聲音反駁著。

「干你什麼事。」邵欣欣冷著臉，一副不想多談的樣子。

「邵欣欣，我是妳哥！」邵英傑厲喝一聲，「妳爲什麼都不告訴我！」

這句話猶如踩到了邵欣欣的地雷，她勃然大怒，咬牙切齒地怒視向邵英傑。

「你覺得是誰做的？是我自己嗎？你以爲是我自己做的嗎？」

「我們能不能好好說話？」

「說什麼？說媽在我國小時是怎麼打我的嗎？是怎麼拿菸燙我的嗎？」

看見邵英傑露出不敢相信的表情，邵欣欣冷笑一聲，有種報復得逞的爽快感。像要把積壓在心裡多年的怨言全傾倒而出，她主動撩高兩邊袖子，喋喋不休地說道。

「我告訴你，我身上的疤都是媽害的，全都是她弄的！你以爲只有這樣嗎？還有很多你看不到的地方都是！她會在你不在家的時候打我，拿我出氣，她從來都只喜歡你，根本不喜歡我！」

邵英傑想怒吼一聲別胡說八道了，他們的母親雖然嚴厲，但哪可能會對自己的孩子做出這種事，可是邵欣欣流露出來的憎惡深深刺疼了他的眼。

隨著一直隱藏著的瘡疤被揭開，邵欣欣恍如重回那令她生畏的童年。

一開始只是嚴厲斥罵。

後來會拿藤條抽打。

但這些哥哥也遭受過，雖然沒那麼大力，也沒那麼多次，所以是正常的吧。

可接下來是用香菸燙，或是將熱開水淋到手上、大腿上。

爲了避免屋子裡留下菸味，每一次媽媽這麼做的時候都會點起蚊香。

她討厭死蚊香的味道了。

媽媽總是一邊懲罰她，一邊說自己一個人照顧兩個小孩多麼累，爲什麼就不能只有哥哥一個就好，多一個女孩是能幹嘛？

男生才可以撐起這個家，才可以傳宗接代。

年幼的邵欣欣哭得很大聲，然後就會被更嚴厲地責罵：再哭就要被趕出去，被哥哥知道也會被趕出去，永遠不准回來，只能在外面當乞丐最後餓死，再也沒有媽媽和哥哥。

「妳爲什麼不……告訴我？」邵英傑的喉頭像塞了滾燙的鐵塊，令他只能擠出乾啞的聲音。

邵欣欣激動的情緒像是突然間都收了起來，紅著眼，面無表情地看著他，「告訴你又能幹嘛？」

她哥永遠不會知道，對小時候的她來說，那些威脅是多麼恐怖的事。她害怕無家可歸，害怕媽說的都會成眞，她怎麼可能敢向身邊的人求救？

那些落到她身上的毆打、謾罵、恫嚇，成了一層又一層魔咒，將她牢牢地綑縛在這個可恨的家裡面。

邵欣欣的反問如同一巴掌搧到邵英傑臉上，他頹然地閉上嘴。

方知華死後，他就像逃避現實，對周遭的事也沒那麼關心，一考上大學更是迫不及待地逃離了鹿港。

他只是覺得妹妹的個性越來越陰沉，與她的關係也漸漸疏遠，從來沒去思考過背後是不是有其他原因。

面對妹妹漠然的眼神，邵英傑落荒而逃地回到了屋子裡。

邵英傑跑回一樓房裡，葉素馨不在，可能是在客廳，也可能是到外面去了，這剛好給他一個獨處的空間。

他坐在床緣，把臉埋進掌心裡，只要回想起邵欣欣手上的疤痕和她漠然的眼神，一股難以言喻的羞愧感就湧上來。

他不知道……他真的不知道母親竟然會對她做出那種事。

可即使邵英傑心中生出多少懊悔，都改變不了過去發生的事。

他魂不守舍地坐在床邊好一陣子，腦子裡想的都是自己的妹妹和母親，連帶也想起一些事。

怪不得在喪禮上的時候，欣欣連哭都沒有，甚至稱得上冷漠。

怪不得欣欣會毫不留戀地想把這個家快點脫手賣掉，這裡對她而言根本不是家鄉，而是兒時夢魘。

越是回想，邵英傑就覺得自己是個混帳。他呻吟一聲，一時竟不敢離開房間，到外面面對他的妹妹。

「可惡、可惡啊……」邵英傑用額頭抵上旁邊的櫃子，閉上眼一會又睜開，垂下的視線剛好落至下方櫃門。

昨天沒翻完的相簿從櫃門縫隙露出一角。

鬼使神差地，邵英傑伸手拿起那本相簿再次翻閱，看著裡頭一張張三人家庭照，他的嘴角剛要揚起又霍地抿直。

那些合照如今都成了他難以直視的存在，他快速地跳過，直到來到他們兄妹倆的合照或個人照，才重新放慢速度。

照片並沒有照著年分來放，是隨機打亂收在相簿裡的。

邵英傑有時剛看見唸國中的自己，下一瞬又瞄到自己包著尿布在地上爬的樣子。

「小屁孩。」他對自己的照片嘲笑著，伸手再翻過一頁，目光驟然凝住。

那是一名穿著紅裙子，綁著雙馬尾的小女孩。

那是邵欣欣。

可這兩個特徵竟與邵欣欣昨晚口中提及的籃仔姑相同。

那時她是怎麼說的？

「籃仔姑……我看到籃仔姑了！就在廚房裡！她還抓住我的手！」

「欣欣，妳看到的籃仔姑……是長什麼樣子的？」

「很小的小女生，綁著雙馬尾，穿著紅裙子，手很冰很涼……但我看不清楚她的臉。」

「妳怎麼知道那就是籃仔姑？」

「因爲我作了夢。我在夢裡看過那個小女生，她被另一個女人打、被虐待，我以爲那只是作夢。」

邵英傑閉了下眼，他忍不住想著他妹妹看到、夢到的……

眞的是籃仔姑嗎？抑或是她自己的童年幻影？

但只要回憶起邵欣欣昨夜的驚惶失措，邵英傑就不想拿這張照片去問她，這只會讓她想到更多不好的童年往事。

他不忍再看下去，把照片放回相簿裡。

像是要轉移自己的注意力，他伸手探向褲子側邊的口袋，裡頭塞著昨夜在袁和田房裡發現的遺書。

但這一次，他似乎突地從字裡行間發現了什麼。邵英傑雙眼越瞪越大，震驚和茫然交錯，形成一個像是能把他自己捲進去的漩渦。

直到窗外警笛聲由遠而近傳來，過不久房門也響起了敲門聲。

「阿傑、阿傑！」是葉素馨在喊他，「警察來了喔！」

邵英傑盯著遺書好一會，最末將它摺起，塞進了自己包包最底處。

他空手走出了房間。

第十一章

袁和田和梁又庭的死，都是以自殺作結。

袁和田南下趕來的家人證實他有憂鬱症，離婚和資遣讓他近期情緒極爲低迷。

至於梁又庭……原本邵英傑很擔心該如何讓警方不繼續深究，雖然對方個性偏激，但突然自殺一定會引人懷疑吧。不過聽說梁又庭的父母去了派出所一趟後，相驗屍體的證明書很快就開具出來了，死因判定是自殺。

邵英傑猜想，梁家以前在鹿港也是有名望的大家族，與警界及部分政治人物交好，也許是動用了關係處理吧。

這件事在邵英傑老家一帶激起了一點漣漪，但很快又隨著時間淡去，最後成爲街坊鄰居茶餘飯後的閒聊。

回到台北的邵英傑等人，生活似乎沒有太大的改變，但還是有些小地方跟以前不一樣了。

兩個老同學的死顯然帶給邵英傑一些打擊，讓他變得情緒低落，時常一個人坐在沙發上沉思，有時還會晚歸或徹夜未回。

爲此他和葉素馨討論過，他們的直播先暫停兩個月，之後再重新調整方向。

邵英傑心裡甚至有絲預感，兩個月後，他們這對直播搭檔或許就會拆夥了。

這不是隨便猜測。邵英傑注意到從老家回來後，葉素馨看著他總是欲言又止，與他之間不再親密如以往，甚至會與他有意無意地拉開距離，也常外出一整天，到晚上才回來，有時乾脆借住在朋友家。

他到現在都不知道她胸口上的瘀血消了沒。

家裡根本沒有消瘀血的藥膏。

他還曾無意間看到葉素馨在逛租屋網。

是打算……要跟他提分手了嗎？

邵英傑沒有戳破，像隻頭埋在沙裡的鴕鳥，假裝沒看見那些顯而易見的跡象。

但有一些事，不是他假裝看不見，就眞的不存在了。

老家發生死亡事件半個月後，邵英傑出門一趟，回來時已下午三點多。

他現在很難形容自己的心情，困惑、不解、震駭不停地在心裡交織，如同一個深深的漩渦，要把他毫不留情地拖扯進去。

站在緊閉的公寓門前，邵英傑發了一會呆，才慢慢地將鑰匙插進鑰匙孔裡，推開第一層防盜門，再打開第二層大門。

客廳裡亮著燈，瀰漫著一股紅燒牛肉的味道。

邵欣欣坐在客廳裡吃著泡麵，開門聲讓她抬了下眼，很快又垂下，連聲招呼也沒打，維持著一如往常的淡漠。

通常邵英傑會叨唸個兩句，要她吃完記得收拾，別扔在客廳不管，接著就走向自己的房間。

可這一次，他卻是在邵欣欣旁邊的單人沙發坐下來。

邵欣欣再次仰起臉，眼裡是不掩飾的驚訝。邵英傑的舉動在她看來實在太反常，她哥一副有話要跟她說的模樣。

「我不知道你女朋友去哪裡了。」想了想，邵欣欣先回答了邵英傑可能想問的，「我起來就沒看到她了。」

「她不在也好。」邵英傑沉沉地吐出一口氣，「我有事要問妳。」

邵欣欣微皺了下眉，嗅到現在的氣氛莫名地不尋常，把吃到一半的泡麵放回桌面，「你要問什麼？一定得挑我吃東西的時候問嗎？」

邵英傑無視邵欣欣的不悅，沉默一瞬，接著扔出一顆震撼彈。

「袁和田和梁又庭是妳們殺的吧。」

邵欣欣的表情空白了幾秒，隨後才像尋回了自己的聲音。

「你在鬼扯什麼?」她防衛般地雙手環抱，指甲不自覺地摳著袖子，「你發瘋了嗎?他們兩個明明就是被方知華……」

「不要再跟我扯方知華!」邵英傑霍地一聲暴喝，眼裡爬上血絲，脖子青筋突起，一張臉也因爲激動而漲紅，「他二十年前就死了，他是要怎麼殺人!」

「邵英傑你有完沒完!」邵欣欣惱怒地站起，居高臨下地俯視他，「你要發瘋自己去瘋，別莫名其妙地拿我出氣!我要回房間了!」

「妳還記得這個吧。」邵英傑從外套口袋抽出一張紙和一張照片，放到桌面上。

邵欣欣欲離的腳步頓住，反射性低頭看一眼，迷惑躍上她的眼。

那兩個東西她都認得，一個是袁和田留在他們鹿港老家的遺書，一個是她國小大概三、四年級的照片。

她知道邵英傑當時沒有把遺書交給警方，畢竟裡面提及了二十年前和方知華的往事，交出去只會讓事情更複雜。

她只是沒想到他居然把遺書留到現在，那種東西不是早該丟了嗎?

還有她小時候的照片，她哥給她看這個到底要幹嘛?

「我記得，然後呢?」邵欣欣冷冷地問，「這跟你剛發神經有什麼關係嗎?」

「照片是我之前回老家的時候帶回來的。」邵英傑沒有針對邵欣欣的質問回答，而是換說起另一件事。

「你又回去？」邵欣欣愕然地問，「你什麼時候回去的？爲什麼我都不知道？」

「我沒告訴妳，妳當然不知道。」邵英傑嗓音繃緊，雙眼沒有直視自己妹妹，而是垂眼看著桌上的遺書和照片，「我後來又回去好幾次，因爲我有事情想要確認。」

「你到底想說什麼？」邵欣欣心生一抹焦躁，同時心裡有股不安籠罩。

邵英傑自顧自地說下去，「我和袁和田交情普普，他的字長怎樣我也沒研究過，他寫字會有什麼習慣我當然不知道。可是，我知道我妹寫字有什麼習慣。」

邵英傑把照片翻過來，背面是國小時的邵欣欣寫下的時間和簽名，這是他們家的習慣。

他們會在照片後面寫上日期，一開始是母親寫，等他們會握筆寫字後，就讓他們自己在照片背面寫。

邵欣欣抿著嘴沒說話，整個人越發緊繃，眨眼速度也加快幾分。

「妳寫字的時候，容易把『欠』的尾端勾成捲捲的，妳小時候常因爲捲捲字被罵，還記得嗎？」

照片背面的稚嫩字跡有些歪歪的，一些筆劃還捲了起來。

邵英傑記得以前自己不只一次嘲笑邵欣欣寫的是捲捲字。

也不僅是以前，現在的邵欣欣有時還會不自覺地把字的最後一筆勾得捲捲的。

邵欣欣仍是沒說話，邵英傑也不需她回應，指著照片和遺書。

「袁和田的遺書裡，有好幾個『欠』是捲起來的，就跟妳寫字的習慣一樣。」

邵英傑是在警方上門的那一天，在房裡翻看以前的相簿，隨後又看起了袁和田的遺書，這才驚覺到兩者之間的關聯。

「你自己都說你不知道袁和田的寫字習慣，我哪會知道他跟我一樣。」邵欣欣不想再聽下去了，也不管泡麵吃到一半，提步就要離開客廳。

「聽我說完！」邵英傑沉聲喝道，一雙眼睛在瞪向邵欣欣時散發一股壓迫感，讓她不自覺被釘住了腳步。

「如果只是這樣，的確不能說明什麼。所以我回老家問了附近鄰居。他們家剛好新裝監視器，我跟他們說家裡好像有小偷進來過，他們很乾脆地就借我看了。」

落地窗外的陽光不知何時躲進雲層後，客廳內頓時暗了一層，邵欣欣的臉龐也像跟著失了一分色彩，像抹黯淡的幽靈站在陰影當中。

邵英傑又垂下眼，不再看著自己的妹妹，也許這樣做他才能強迫自己不要停頓地說下去。

「妳知道我看到什麼嗎？妳應該心裡有數。我看到妳跟小馨一塊回去老家，而且還帶了好幾支竹掃帚過去。」

邵欣欣沉默不語，似乎放棄了抗辯。

邵英傑就像是自虐般大聲說下去，語速跟著加快。

遺書的字跡讓他心生懷疑，然後有了後來的一路查證。

當親眼目睹監視器畫面裡出現邵欣欣和葉素馨的身影時，他簡直如遭雷擊，整個人都是懵的，一時甚至分不清自己身處何處。

他的妹妹，跟他的女朋友，平時不怎麼處得來的兩個人，居然會一起回鹿港？她們是什麼時候開始密謀的，她們在公寓裡根本很少湊一起說話……

不，等等。邵英傑忽然想起有時候會看到葉素馨進妹妹房裡，理由大都是要借東西。還有他打算回鹿港的前幾天，葉素馨為了說服邵欣欣跟她直播觀籃仔姑，又進了邵欣欣房裡，那一次還待得特別久，想來是在替整個計畫做最後推演。

「那晚我們玩觀掃帚神後，那些像平空出現的掃帚就是妳們事先準備好的吧。」

既然那一夜出現的竹掃帚是由人事先準備好的，那麼他們碰上的「靈異事件」，是不是也都是被刻意營造出來的？

順著這個思路再推回去，邵英傑果然找到不少人為痕跡，也發現整件謀劃從更早前就開始。

由邵欣欣和葉素馨聯手。

首先是在廢棄停車場直播結束後聽見的小孩子唸唱聲。

事先在那裡藏好藍牙喇叭，就能在走至一定距離內播放。

只要葉素馨假裝沒聽見，就能讓他信以爲眞，以爲只有自己才聽得到。

還有他的幻聽。

枕邊人葉素馨可在他入睡時偷偷播放請神咒，讓他潛意識對這個咒語產生印象。

這兩者都是爲了讓他在玩觀掃帚神時，領悟到之前只出現在自己耳邊的聲音原來就是請神咒，讓他越發相信方知華已經盯上自己。

再來是方知華的信。

只要葉素馨或邵欣欣其中一人南下到鹿港一趟，透過鹿港郵局把信寄給他們四人就可以了。

第一封是預告，重點在第二封，舊港溪的地址讓他們不安，信裡的內容則成功引起他們恐慌。

他們害怕方知華是不是眞的會出現，也害怕是不是還有他們不知情的其他人知道二十年前的事。

爲了確認眞相，他們幾個就如葉素馨和邵欣欣所希望的，回到鹿港了。

等到了老家，在她們暗中聯手下，更多「靈異現象」的發生果然讓他們飽受驚嚇，一步步讓他們相信方知華的鬼魂眞的存在。

「還有那些酒……」邵英傑努力讓自己的語氣不要有太多起伏，「喝完酒、玩完觀籃仔姑後，我們很早就回房休息，身體也感到異常疲累。我那時以爲是酒喝多了，加上那一天都在外面跑來跑去。可是後來我想起來，那晚我們喝的酒大多是妳們兩個幫忙打開，再遞給我們。欣欣，妳有在吃贊安諾不是嗎？手邊應該還有不少藥。妳們趁沒人注意的空檔把藥加進去，喝下酒的我們也不會察覺到哪裡不對。」

喝了被下藥的酒，他們的神智就會變得昏沉，反應也會變得遲緩，碰上靈異現象的時候，就更容易相信自己眞的撞鬼了。

以廚房玻璃破裂和染血掃帚來說。

中途離開的邵欣欣可以先到廚房裡放好掃帚，再把玻璃打破，接著快速跑出後門，趁他們因騷動跑到廚房時再從前門進來。

「當然，要有一個人願意配合，假裝沒看到妳。」邵英傑說到這裡時，語氣仍忍不住帶上一絲匪夷所思。

當初他推測出來時，怎樣都想不通他們三人之間的關聯。可扣除那些可能性，剩下的再怎麼荒謬，就是唯一的答案。

邵英傑說，「小天，梁宇天是妳們的幫凶。」

那晚外頭下雨，邵欣欣就算撐傘去打破玻璃，再從前門進來也肯定會留下鞋印，是梁宇天幫她擦拭乾淨，又把原先留在客廳的竹掃帚藏起來。至於雨傘，可以找個塑膠套裝起來，再讓邵欣欣帶回房間。

廚房騷動過後沒多久，梁宇天也被趕去二樓。

可他真的乖乖回到二樓了嗎？

梁宇天其實躲在走廊偷聽他們在客廳的談話，在梁又庭咒罵方知華的時候向邵欣欣傳訊，讓她立即關掉電源總開關。

一片烏漆墨黑下，客廳裡的人自然陷入慌亂，更加不會發現梁宇天和邵欣欣已趁這段時間迅速回到各自房裡。

首先邵欣欣二人盯上袁和田。

袁和田的房間是上鎖的，這點鍾明亮那時也證實了。可是這對邵欣欣沒什麼難處，她曾提前回來老家，知道房間的鑰匙都收在哪裡，她只要打好備用鑰匙，就能順利打開袁和田的房門，再和藉口出來上廁所的葉素馨會合，協力殺死對方，將他掛在吊扇底下，成了第一號死者。

袁和田死後，邵欣欣她們留下竹掃帚，將門反鎖，迅速離開。接著邵欣欣在廚房裡尖叫，設計將二樓的大家都引下來，他們便會發覺袁和田遲遲未出現，在此時曝光他的死。

至於遺書，應該是她們之後再次進入袁和田房間時放在包包下的。

那封遺書須要到目標都死後才能被人發現，才會讓邵英傑和鍾明亮對方知華復仇一事堅信不移。

隨後房間重新分配，葉素馨和邵欣欣更方便行動了，她們潛入了梁又庭的房間，成功合力殺了他。

「當時梁又庭房裡有不少空酒罐，除了和鍾明亮一起喝的之外，袁和田死後，他或許又再喝了一些壯膽。小天就想辦法再把贊安諾放入酒裡，加重效果，讓他在面對妳們兩人時沒有反抗能力。」邵英傑深吸一口氣，終於忍不住望向站在落地窗前不動的邵欣欣。

邵欣欣還是面無表情，可環在胸前的手用力到指節泛白，洩露了她翻騰的心緒。

「至於妳們是如何殺了他的……我本來希望我永遠找不到這個答案，這樣我就可以說服我自己，梁又庭是自殺的，但沒想到還是被我找到了偽裝自殺的手法。只要妳用類似揹起的方式，從後面勒住梁又庭，就可以讓勒痕像是自殺那樣，但可能是窒息太過痛苦，讓他又恢復了意識，開始掙扎。小馨趕緊幫忙壓制，卻被踢到了胸口，我在她的胸口看見過瘀青。等妳們殺了梁又庭，就讓小天躲在衣櫃裡，一個人帶著竹掃帚下樓，把它擺到我們的門口，敲門將我引了出來。」

「看到那支曾在袁和田房裡出現的竹掃帚，我果然反射性上二樓到他房間。接著妳們之中的其中一人早就藏在衣櫃裡，製造出玻璃破掉的聲音，我猜是用手機播放，桌上則擺著已經弄碎的杯子，否則很難在那麼短的時間裡從桌邊跑到衣櫃內躲好，那樣子肯定會被我察覺不對勁。」

「最後，一切照妳們計畫好的，我發現了袁和田的遺書，知道了二十年前的眞相，意識到梁又庭才是害死方知華的凶手。等我目睹梁又庭在房裡上吊，也會下意識認定是方知華殺了他。但我不懂……爲什麼妳要和小馨、小天一起做出這些事？」

邵英傑說得口乾舌燥，他仔細觀察邵欣欣的神情，想知道對方會跟他說什麼。

可出乎意料地，邵欣欣第一句話是：「我要泡咖啡，你喝嗎？」

邵英傑一怔，這讓他的表情看起來有點傻。

邵欣欣也不等他回答，走去廚房泡了咖啡，再端著兩個馬克杯走回客廳。

濃醇的咖啡香環繞在客廳裡，鑽入邵英傑的鼻間，好似要撫慰他的心靈，可只要一想到他們正在談論的事，緊繃的身體無論如何也放鬆不下來。

邵欣欣喝了幾口，放下杯子，表情木然地說：

「我們沒有殺袁和田，他是自殺的。」

邵英傑設想了很多邵欣欣可能會講的話，可沒想到第一句會聽到這個。

他一時啞然，話語停在舌尖前，遲遲無法順利吐出。

邵欣欣也不須邵英傑做出回應，把咖啡放下，忽然回了房間一趟，再出來時手裡拿著一張紙。

那張紙被放在桌面上。

邵英傑拿起來一看，光看前面幾行他就呆住。他猛地抬頭看了邵欣欣一眼，又低頭迅速把整篇遺書看完。

沒錯，邵欣欣拿出來的是一張遺書。

還是袁和田的遺書。

這封遺書的內容和邵欣欣僞造的假遺書完全不同。

方知華不是梁又庭殺的，沒有任何人殺死他。

梁又庭確實爲了找東西和袁和田重回原地，可當他們走下堤岸，看見的就是方知華倒在溪邊的光景，竹掃帚掉落在一旁。

那名少年仰躺在地，沒有動靜，後腦破了一個洞，血汨汨地滲出來，染紅底下的石塊。

方知華上岸後不小心打滑，結果往後栽倒，從此再也起不來了。

梁又庭和袁和田都傻了，確認過方知華沒有呼吸和心跳、人眞的死了後，他們兩人慌了手腳。

萬一明天方知華被人發現，手邊還有一支竹掃帚，大人很可能會猜出他跟人在這玩觀掃帚神，再聯想到他們這群人身上。

梁又庭跟袁和田都不想要被怪罪、被指指點點，他們慌亂下把方知華的屍體放到了溪裡，製造出他是溺死在裡面的假象，竹掃帚則是被梁又庭帶走。

「這到底……」邵英傑看完了信，滿腹驚疑。內心告訴他這應該是袁和田眞正的遺書，可又忍不住抱著一絲懷疑。

若是眞的……就怪不得當時梁又庭會脫口說出方知華是死在溪邊，而不是溪裡。

方知華確實是因爲意外才死在溪邊。

「是眞正的遺書。」邵欣欣看得出自己哥哥欲言又止的原因，她捧著咖啡杯，指尖無意識收緊，「我在袁和田房裡看到的，我本來……是想趁他睡著的時候去回收藍芽音響。」

「音響？」邵英傑疑惑一瞬，接著恍然大悟，「該不會也是用來放請神咒的？」

邵欣欣緩慢地點了頭，「一開始我們就只是想嚇嚇袁和田而已，讓他相信有鬼，這樣其他人也會跟著疑神疑鬼。可是我進去他房間的時候，他已經上吊自殺。」

那是邵欣欣第一次近距離見到死人，她雙腿發軟，險些要跌跪在地。袁和田那張低垂的臉龐如同與她對視，無神空洞的眼珠子讓他看起來彷彿另一種生物。

「我當時在桌上看到了遺書，但如果葉素馨看見上面寫的內容，她一定……不會再協助我把計畫進行下去。」邵欣欣用力咬著嘴唇，本來淡紅的唇瓣被她咬得泛白，「梁又庭一定要死才可以。」

「我不懂……」邵英傑茫然地注視著自己的妹妹，「妳為什麼一定要殺梁又庭不可？你們根本沒什麼交集吧，從小時候就是。就算我帶他們到家裡玩，妳那時也只喜歡黏著方知華。還有小馨，她又是為什麼要跟妳一起……」

邵英傑的呼吸倏地急促起來，一個他不敢正視的答案呼之欲出。

關於葉素馨。

關於他的女朋友。

「你想知道小天為什麼會幫我們嗎？」邵欣欣忽然轉移話題，「我們其實是在遊戲裡認識的，認識了大概三年還四年。」

邵英傑詫異無比，他沒想到邵欣欣和梁宇天原來是認識多年的網友。

電光石火間，他突然想到一件事。

小天、小天，小日子。

「妳常常聊天的那個小日子……就是小天嗎？」

邵欣欣「嗯」了一聲。

接下來的事就很好猜了。

同樣都被父母家暴的邵欣欣和梁宇天產生共鳴，在他身上看到自己過去的影子。她不想要梁宇天成為第二個自己，永遠陷在家暴的陰影裡難以走出。

「梁又庭那個人，從小到大都沒有變過，他未來也不會改的。」邵欣欣摸了一下自己的手臂，身子不自覺縮起，彷彿又墜入恐怖的年幼時光，「我偷偷去看過梁又庭，看到他對小天施加暴力，就像他只是個出氣筒，而不是一個孩子。再這樣下去，小天一定會被他打死的。」

「妳就沒想過要通報社工或警方嗎？讓他們來處理……」邵英傑知道現在這樣說太晚了，可是他真的認為可以有更好的辦法。

「你什麼都不懂。」邵欣欣終於直視邵英傑，她的眼裡沉浸了太多東西，彷如能聚成陰暗的風暴，「你根本什麼都不懂。你沒被媽那樣對待過，你也永遠不會理解那種連逃都不敢想的心情！」

「欣欣……」

「夠了！梁又庭都死了，你現在說這些又有什麼用？」邵欣欣的胸脯劇烈地起伏著，瞪向邵英傑的眼神像燃著火，可沒過多久，那簇火焰就熄成一地黯淡的死灰。

邵欣欣低頭看著咖啡，像是不想在這個話題上繼續打轉。

「你不是想知道葉素馨爲什麼會和我一起合作嗎？你就沒懷疑過，爲什麼我會知道你們當年的事？」

邵英傑一震，他之前的心神全都放在妹妹和女友聯手殺人一事，無暇細思其他。

是啊，從方知華寄來的信，再到老家發生的那一樁樁事件，無一不透露著幕後人——他們以爲是鬼魂——對二十年前在舊港溪玩的那場遊戲瞭若指掌。

邵英傑翻找著回憶，那一夜他明明把妹妹趕回屋裡了，自己騎著腳踏車離去……

一個令人驚異的猜測猛地躍入邵英傑腦海，他艱澀地開口：「妳……沒有回屋子？妳在那時候偷偷跟上來了？妳看到我們在玩觀掃帚神？」

「我猜知華哥也會在，所以忍不住跟上去了。」邵欣欣從咖啡上看見自己模糊的倒影，又好像看見了二十年前的夜晚，「你一副像要去做壞事的模樣，我還想說你要是眞的做壞事，我就要拍下來，以後就可以用來威脅你買零食給我吃。」

邵欣欣扯動一下嘴角，擠出一道像笑的弧度。

「沒想到你們是跑去臭水溝玩觀掃帚神。」

「妳……拍下來了？」

「我錄影了，因爲覺得知華哥的樣子看起來很有趣。後來怕被你們發現，又趕快離開了，然後隔天就發生那種事。」

「但妳沒有……」邵英傑茫然地說，「妳沒有跟其他人說，爲什麼？」

「我本來要跟大人說的。」邵欣欣沒有抬頭，「可是我又聽到梁又庭威脅你們，我怕他會打死我，我也怕媽媽要是沒工作了，會對我更壞，我不過是一個沒用的膽小鬼。」

「妳不是……」邵英傑感覺自己說出來的話顯得蒼白無力，他肩背無力垮下，只能癱靠在椅背上。

邵欣欣不在乎哥哥怎麼評論自己，她像被抽去靈魂的人偶，會繼續坐在這裡只是爲了麻木地把剩下的眞相說完。

「影片被我保留下來了，存在電腦跟手機裡，結果卻不小心被葉素馨撞見。她逼問我，要我把知道的事都告訴她。我說出來了，她認爲知華哥不可能是自己溺死的，他才不是那麼大意的人，她認爲一定有人害死他，最可能的……」

「就是威脅我們所有人的梁又庭。」邵英傑慢慢地把話接下去。

「我想救小天，她想爲知華哥復仇，我們有了共同目標，小天則暗中協助我們。」邵欣欣緩緩喝了一口咖啡，變涼的咖啡變得比平時酸苦，「小天也說過，他的阿公阿嬤對梁又庭現在都是又恨又怕，所以我們決定僞裝成梁又庭上吊的樣子……」

邵欣欣回想起那一晚，握著杯子的手指微微發抖，杯裡的咖啡晃動出圈圈漣漪。

梁又庭又高又壯，根本不是她與葉素馨可以輕易對付的，想要殺了他，就必須讓他失去知覺。

在客廳喝酒時，她悄悄在酒裡放入贊安諾，等梁又庭回到房間繼續喝時，則讓梁宇天在酒裡加重劑量。當梁又庭因酒意與藥效而昏睡過去後，收到梁宇天訊息的她跟葉素馨便進到房裡。

爲了僞裝成上吊，就必須想辦法讓繩子勒出來的痕跡從脖子延伸到耳朵，看起來與地面垂直。

他們先用膠帶將梁又庭的兩隻手連同身體一起綑起來，接著梁宇天跟葉素馨使勁撐起了昏迷的梁又庭，邵欣欣將繩子套在他脖子上，再一轉身與他背對背，彎腰用力收緊繩子。

或許是缺氧的痛苦逼醒了梁又庭，他眼睛睜開了一條縫，由於雙手難以動彈，他便踢蹬著雙腳掙扎起來。葉素馨當機立斷地抱住他的腳，胸口因此被踹了好幾下。

邵欣欣其實很怕，就算布局了那麼久，但實際親手去做的那個瞬間，她整個人都是抖的。

這是殺人，跟殺蟑螂、蚊子截然不同。背上的重量是那麼地沉，壓得她快要喘不過氣。

但是、但是，爲了小天，絕對不可以讓梁又庭活下來！

邵欣欣咬緊牙關，爆發的腎上腺素令她用上自己都難以想像的可怕力氣，終於將梁又庭活活勒死。

她迅速將膠帶扯下來，因爲是黏在袖子與衣服上，所以梁又庭的手腕皮膚並沒有出現紅痕。在葉素馨的幫忙下，她們合力將梁又庭吊起來，僞裝成他上吊自殺。

「……差不多就是這樣吧。」邵欣欣低聲說道。

但邵英傑還有一個問題。

他像用盡全身力氣，才把盤踞在心頭的疑問說出口，「小馨她到底是……誰？」

「你不可能猜不出來，你早就有答案了吧。」邵欣欣笑了，笑裡混著一絲奇異的憐憫。

邵英傑的確有答案了，他只是始終不願面對。他用雙手搓揉面龐，像還懷著一絲冀望地說，「方知華的妹妹……不是叫小花嗎？」

「知華哥的寶物裡不是有一個茉莉花的髮圈嗎？」邵欣欣拿起一枝筆，把袁和田的遺書翻過來，在空白背面上寫下葉素馨的名字，接著旁邊又寫上夜素馨三個字，「葉素馨和夜素馨同音，所以知華哥才會喊她小花。」

茉莉花的其中一個別稱，就是夜素馨。

邵英傑無力地垮下肩膀，將臉埋進雙掌裡。

那一夜他聽到的那聲「哥」，原來是葉素馨喚的。

袁和田的遺書最後被邵英傑燒掉了。

是邵欣欣親眼看著她哥燒的。

她本來不知道邵英傑叫她要幹嘛，直到她看見他把袁和田的遺書點了火，轉眼間被燒成灰燼。

邵欣欣說不出自己當下的心情，只能複雜地看著自己哥哥。

「我以爲……你會把那封遺書交給警察。」

「不管妳信不信，打從一開始我就沒想過要這麼做。我覺得我也滿失敗的，幫不了小時候的妳，救不了方知華，也沒辦法還給小馨一個哥哥。」

「哥……」

「但這一次，做哥哥的總能保護妹妹吧。」

邵英傑想，他只是個自私的普通人。

關於二十年前的眞相，關於老同學的死，就一輩子都爛在他的肚子裡吧。

距離袁和田的遺書被燒掉的半個月後。

邵欣欣約了人在外頭的咖啡店見面。

其實在租屋處也行，畢竟兩人其實是住在一起的。

邵欣欣約的人是葉素馨。

可無論是邵欣欣或葉素馨，雙方都心知肚明表面上的平衡很難再維持下去。

葉素馨幾乎不再回公寓，大多住在朋友家，明眼人都看得出來，她向邵英傑提分手不過是早晚的事。

恐怕就是最近了。

來到見面地點，和店員說了預訂時間和姓氏之後，邵欣欣被帶到座位。

葉素馨已經先到了。

她還是綁著包包頭，氣色比邵欣欣預想的好上許多，眉眼看起來也很放鬆。

可是……眞的就是這麼一回事嗎？邵欣欣沒有忘記，葉素馨比想像中還會演戲，也許自己現在所看到的，都是她演出來的也不一定。

但不管如何，她們接下來大概不會再有什麼機會見面了。

邵欣欣約葉素馨見面，是爲了把一個東西交給她。

看著被遞至自己面前的牛皮紙袋，葉素馨笑意隱沒，眼角和嘴角垂下，不笑的她看起來竟比邵欣欣還要陰鬱。

「妳哥……終於發現了嗎？」

邵欣欣沒有正面回答，因為這個牛皮紙袋就等同於答案——裡面裝的是方知華二十年前為他的媽媽、妹妹存下的錢，還有給她們的一封信。

邵英傑讓她帶來這個，就是想要物歸原主，還給方知華的妹妹。

葉素馨盯著牛皮紙袋，唇角彎起，卻又無法讓人感到她是開心的。

靜謐在兩人之間迴盪，半晌後，還是邵欣欣打破了沉默。

「妳當初……是知道我哥是誰，才接近他的嗎？」

這個問題，在她先前得知葉素馨就是方知華的妹妹時也曾問過，但對方沒有正面回答。

「妳哥……阿傑是不錯的人，也是很合格的男友。但是……」葉素馨說得很慢，更能讓人從中感受到字裡行間溢出的深沉情緒，「對，我一開始就知道他是誰，才刻意接近他的。我知道他對我好，我也……」

她閉了下眼再睜開，深呼吸一口氣後才繼續往下說。

「他是一個好人，但為什麼在二十年前，偏偏要把我哥一個人丟在那？我無法原諒他，我真的沒辦法原諒他……太難了，我做不到……」她用力捏緊手指。

「妳會和他……分手嗎？」

「……我們現在看起來也跟分手差不多了，這件事妳就不用管了。至於另一件事，我很感謝妳出手幫我。」

葉素馨沒有說幫什麼，但她們彼此心知肚明。

邵欣欣垂著眼，心裡浮上剎那的心虛和愧疚，她將杯緣抵至唇邊，掩飾般地抿了一口紅茶。

明明她點的是加糖的，喝起來卻無比苦澀，澀味在她喉頭化開，成爲一股苦汁滲入心裡。

袁和田的遺書被燒了，方知華死亡的眞相再也不會有第三人知情。

葉素馨也不會知道。

邵欣欣的心中又一道聲音小小聲地說：這都是爲了救一個人，反正梁又庭那個人糟糕到沒救了。

邵欣欣和葉素馨沒有講太久，或許雙方也差不多無話可談了，她們性格本就合不來，會牽扯在一起都是爲了方知華。

如今事情結束，自然是該散就散。

離開咖啡店，邵欣欣去了客運的轉運站，她還要南下一趟。

到鹿港。

自從那件事過去到現在，她和梁宇天在網路上仍有聯繫。

感覺得出來梁宇天的個性比以前開朗許多，不再拘謹又內向，提及自己的生活也正面不少。

這讓邵欣欣感覺自己做的都是值得的，她成功救了一個人。

就好像她也救了……過去的自己。

這次回到鹿港，邵欣欣沒有跟梁宇天說，她只是忽然想看看那個孩子現在過得如何。

她坐著計程車，到距離梁宇天家還有一條街的位置下車，慢慢地走過去。

她找到了梁宇天的家，運氣很好地看到對方正走出家門。

與之前相比，現在的梁宇天健康很多，起碼看起來不再是畏畏縮縮的小可憐。

邵欣欣臉上微綻笑意，想要上前打聲招呼，隨即聽到屋內傳來了連聲呼喊。

「小天、小天！」

追出來的是一名老婦人，邵欣欣花了一點時間才想起那是梁又庭的母親，也是梁宇天的奶奶。

「晚上記得回來吃飯啊，阿嬤煮得很澎湃，有很多你愛吃的。」

「再說啦。」梁宇天口氣不耐。

「會回來喔?你昨天不是說特別想吃那個紅燒海參，這個阿嬤也沒忘記。」

「我今天就不想吃了啊!我跟朋友約好了，要來不及了啦!」

阿嬤的手剛要拉住梁宇天就被他粗暴甩開，看也不看差點踉蹌跌倒的老人一眼，他急匆匆地跑向另一邊的巷口。

旁邊走出來的鄰居看到這一幕，皺著眉頭，「小天也太沒禮貌了……阿梅嬸啊，你們還是要管教一下他啦，他跟他那個爸真是越來越像。」

「聽妳在黑白講，我們小天很乖啦!」

「唉唷，我是好心勸妳，小孩子不能寵壞啦，要想辦法好好教啦……」

邵欣欣渾渾噩噩地離開了，方才的光景深深烙印在她腦海裡，從梁宇天身上，她好像看見了另一道粗魯蠻橫的身影……

《夜觀神》完

後記

終於完成《夜觀神》這個故事。

第一次試著在靈異懸疑裡加入一些推理元素，在寫的時候眞的覺得推理小說的創作者好厲害，自己在設定陰謀詭計時，都忍不住恨自己的智商不夠高。

身邊對推理相當了解的朋友還被我抓著看稿跟問問題，感謝有她的幫忙，才能順利完成這個故事。

這位被我抓著不放的朋友就是書腰上出現的余小芳。

嗚嗚，眞的太感謝我們家小芳了！

同時也要感謝我偉大又美麗的編輯，幫忙一起構思出「夜觀神」這個書名。

原本的書名是「今夜來觀掃帚神」，但討論時覺得與故事調性不太搭，後來編輯提出了「觀神」兩字，直指故事源起的習俗儀式，然後我再加上「夜」，因爲故事的重要場景都是在夜裡發生。

於是「夜觀神」就這麼誕生了。

架構《夜觀神》的故事設定時，正好在找鹿港的旅遊資訊，準備之後來趟充電之旅，湊巧就看見了鹿港溪的介紹。

原來鹿港溪在二〇一八年重新整頓過，在這之前因污染嚴重，而有了「臭水溝」之稱，與我老家附近的一條河流情況類似。

那條河總是被當年還是孩童的我們稱爲「大水溝」，河裡堆積著許多髒污，但多年過去，它也已從記憶中的臭氣沖天完全改頭換面，成爲了潔淨的河流。

也因爲如此，對於鹿港溪我不禁生起了一股熟悉感，最後敲定以它作爲故事的重要場景之一。

《夜觀神》與以往創作的鬼故事不太一樣，雖然也有著靈異元素，但重點放在「人」身上，想勾勒出的是人性不同面向交互作用而引發的各種行爲。

所以這次嘗試以表、裡兩條線呈現這個故事，表面上讓人以爲是死去的同學在作祟，但在剝開件件靈異現象後，內裡核心才暴露出來。

——這是一場人爲的復仇。

失去家人的人、失去暗戀對象的人、被家庭傷害的人，以及知道一切眞相後，仍選擇包庇錯誤的人。

這些人都做出了選擇，雖然到頭來他們可能也無法知道自己當下的選擇是否會帶來他們以爲的正確。

閱讀完這次的故事，若能在你們心裡留下一點痕跡、帶來些許漣漪就太好了，很歡迎大家與我分享你對《夜觀神》的想法！

醉琉璃

感想區

國家圖書館出版品預行編目資料

夜觀神／醉琉璃 著.——初版.
——台北市：蓋亞文化，2024.08
面；公分
ISBN 978-626-384-109-3（平裝）

863.57 113009846

蓬萊詭話PG009

They All Had A Secret

夜觀神

作　　者　醉琉璃
插　　畫　Kan
封面設計　萬亞雰
主　　編　黃致雲
總 編 輯　沈育如
發 行 人　陳常智
出 版 社　蓋亞文化有限公司
地址：台北市103承德路二段75巷35號1樓
電話：02-2558-5438　傳真：02-2558-5439
電子信箱：gaea@gaeabooks.com.tw
投稿信箱：editor@gaeabooks.com.tw
郵撥帳號 19769541　戶名：蓋亞文化有限公司
法律顧問　宇達經貿法律事務所
總 經 銷　聯合發行股份有限公司
地址：新北市新店區寶橋路二三五巷六弄六號二樓
電話：02-2917-8022　傳真：02-2915-6275
港澳地區　一代匯集
地址：九龍旺角塘尾道64號龍駒企業大廈10樓B&D室
電話：+852-2783-8102　傳真：+852-2396-0050
初版一刷　2024年 08月
定　　價　新台幣 280 元
Published and printed in Taiwan

GAEA
ISBN 978-626-384-109-3

They All Had A Secret

夜觀神

蓋亞文化　讀者迴響

感謝您在茫茫書海中選擇了蓋亞，您的支持是我們最大的動力。
不要缺席喔，讓我們一起乘著夢想的羽翼，穿越時空遨遊天地！

姓名：　性別：□男□女　出生日期：　年　月　日

聯絡電話：　手機：

學歷：□小學□國中□高中□大學□研究所　職業：

E-mail：　（請正確填寫）

通訊地址：□□□

本書購自：　縣市　書店

何處得知本書消息：□逛書店□親友推薦□DM廣告□網路□雜誌報導

是否購買過蓋亞其他書籍：□是，書名：　□否，首次購買

購買本書的動機是：□封面很吸引人□書名取得很讚□喜歡作者□價格便宜□其他

是否參加過蓋亞所舉辦的活動：
□有，參加過　場　□無，因爲

喜歡出版社製作什麼樣的贈品：
□書卡□文具用品□衣服□作者簽名□海報□無所謂□其他：

您對本書的意見：
◎內容／□滿意□尚可□待改進　◎編輯／□滿意□尚可□待改進
◎封面設計／□滿意□尚可□待改進　◎定價／□滿意□尚可□待改進

推薦好友，讓他們一起分享出版訊息，享有購書優惠
1.姓名：　e-mail：
2.姓名：　e-mail：

其他建議：

廣告回信　郵資免付
台北郵局登記證
台北廣字第00675號

TO：蓋亞文化有限公司　收

103 台北市承德路二段75巷35號1樓

GAEA

蓬萊詭話